Skandal! Skandal!

Jan Peters

© 2002 by Jan Peters, CH-4303 Kaiseraugst
Alle Rechte vorbehalten
Satz/Gestaltung: Andrea Babey
Herstellung: Books on Demand GmbH
ISBN 3-0344-0118-3

Die Deutsche Bibliothek – CIP-Einheitsaufnahme
Ein Titeldatensatz für diese Publikation
ist bei der Deutschen Bibliothek erhältlich.

Titelbild: «Cassiopeia», unbekannte Künstlerin
Titelgestaltung: Andrea Babey

Danksagung
Mein ganz besonderer Dank gilt zwei Damen, die, ohne sich von «Skandal! Skandal!» in ihrer moralischen Standhaftigkeit erschüttern zu lassen, Wesentliches zur Existenz dieses Buches beigetragen haben. Meiner Frau danke ich für ihre Jahrzehnte währende Nachsicht mit dem Anarchistischen in mir, Andrea Babey danke ich für ihre wie immer erstklassig professionelle Gestaltung und ihre endlose Geduld bei meinen zahlreichen Korrekturen.

Jan Peters

Skandal!!

To the Rose of Kilmarnock

«Nach dem Sündenfall wurde der Mensch
als eine integrale Ganzheit aus der Gesellschaft vertrieben.
Nun wird er fallweise wieder hereingelassen,
sozusagen als Besucher in jeweils wechselnden Funktionen.
Als Ganzer aber treibt er sich weiter draußen in der Wildnis herum,
d.h. in seiner Psyche, und überlegt sich,
welche Kostüme er sich jeweils
aus der gesellschaftlichen Garderobe auswählen soll,
um daraus sein Identitätskostüm zusammenzustellen.[1]»

[1] Dietrich Schwanitz: Bildung. Eichborn 1999.

Anstelle einer Packungsbeilage

«Skandal! Skandal!» ist keine Droge, sondern ein Buch. Ob Sie es dennoch lieber im Giftschrank (*«Alles ist ein Gift, allein die Dosis macht's!»*, sprach Paracelsus) aufbewahren wollen, bleibt Ihrer persönlichen Entscheidung nach erfolgter Lektüre vorbehalten...

Sie können «Skandal! Skandal!» auch demonstrativ ganz nach vorn in Ihren Bücherschrank stellen, sollten Sie über solch ein altmodisches Möbelstück verfügen – und falls Sie die toxischen Qualitäten niedriger als die literarischen einstufen.

Daß Sie sich damit Ihren guten Ruf ruinieren könnten, gehört zu den Risiken und Nebenwirkungen dieses gleich zum Ausbruch kommenden Textes.

Sagen Sie nicht, Sie wären von mir nicht gewarnt worden!

> Da es seit Ariadne üblich ist, Fäden zu legen, an denen sich der Mensch entlanghangeln kann, sei hier der Anfang des roten Knäuels «Skandal! Skandal!» angedeutet: Das Organisationsprinzip der Natur ist das Chaos. Jedenfalls empfinden wir es so, da wir es nicht verstehen können.

> Das Organisationsprinzip von «Skandal! Skandal!» ist der Natur abgeschaut – sozusagen Mimikry in Buchstabenfolgen oder das linguistische Sichtbarmachen des anarchistischen Potentials des menschlichen Genoms.

Die Menschheit ist angestrengt damit beschäftigt, allem und jedem, das sie umgibt, einen Sinn zu unterstellen, damit die mühselige Orientierung nicht verlorengehe.

Dies schafft dem Menschen sowohl Ernst als auch Bedeutung. Beides scheint im labilen Gleichgewicht befindlich.

> «Skandal! Skandal!» bringt das alles kurzfristig in ein stabiles Ungleichgewicht – es tobt das Chaos, wo es nur kann, und unterläuft die Ordnung!

Vorgedanken

Mit dem Schreiben ist es ein närrisches Ding – der Umgang mit Buchstaben, die sich zu Wörtern, Sätzen, Abschnitten und schließlich zu mehr oder weniger sinnhaften Kapiteln zusammenrotten, manchmal auch lieber für sich bleiben, ohne die Nähe zu ihresgleichen zu suchen, ist erfahrungsgemäß ein Vorgang, der sowohl auf Produzentenseite, also bei mir, als auch bei Ihnen, liebe Leserin[1], unerschöpfliche Irritationen auslöst.

> Kein Mensch fragt, mit ekstatisch verklärtem Blick, einen Elektriker, der gerade eine außer Funktion geratene Neonröhre auswechselt: «*Wann, oh Auserwählter, wann haben Sie das erste Mal gespürt, daß Sie diese außergewöhnliche Berufung in sich tragen, dieses Vermögen, die allgewaltige Elektrizität zu Ihrem Diener zu machen?*»
> Man liefe Gefahr, daß ein auf diese Weise angesprochener Handwerker fluchtartig das Haus verließe, um einem den psychiatrischen Notdienst oder ein bis an die Zähne bewaffnetes Greiferkommando der exekutierenden Staatsgewalt auf den Hals zu hetzen!

---

[1] Es ließ sich trotz größter Sorgfalt nicht immer ganz vermeiden, daß in meinen Texten gelegentlich auch Männer mitgemeint sein könnten, wofür ich mich in aller Form bei den verehrten Damen entschuldigen möchte. Dies betrifft naturgemäß die eher pikanten Situationen, in denen zwei (oder mehr) meistens *nicht*gleichgeschlechtliche Personen agieren müssen, um erotische Spannung aufzubauen. Bei mir sind sie immer *nicht*gleichgeschlechtlich, diese Situationen, was aber strikt aus meinen ganz persönlichen Präferenzen abzuleiten ist, die keinerlei Vorbild-Charakter in Anspruch zu nehmen sich anmaßen würden. In derartig brisanten Konstellationen übernehme ich in den folgenden Texten den männlichen Part immer gleich selbst, damit es nicht zu langen sinnlosen Diskussionen kommt in der Art: «*Könnte ich nicht auch mal?*» Nein, könnten Sie nicht; schließlich ist dies mein Buch! Sie können sich ja selbst eines schreiben, wenn Ihnen das nicht paßt, daß ich mir selbst die schönsten Rosinen aus den Kuchen picke! Herrschaften, diese Art von Debatten wird bei mir nicht geführt, das sind schlicht und ergreifend unerwünscht retardierende Elemente – dramaturgisch formuliert, lästige Hemmschuhe – eisenbahntechnisch ausgedrückt, die ich nicht tolerieren werde. «*Ist das soweit allen klar geworden?!*»

Keine Frau blickt, mit exaltiert berückendem Wimpernvibrato, ihrem Kfz-Mechaniker schmachtend in die farblosen Augen und flüstert sinnend: *«Welches, Meister, wird Ihre nächste, vollendet ausgewuchtete Nockerlwelle sein – welchen wundervollen Ölfilter dürfen wir noch von Ihnen erwarten?»*
Dem nichtsahnend Radmuttern anziehenden Monteur, dem sein Gottesgnadentum durchaus neu wäre und auch ziemlich überraschend zur Kenntnis käme, fiele glatt der Schraubenschlüssel auf den Fuß.

> Aber alle halten es indes für durchaus zulässig, Schreibende in dieser Art zu malträrieren; meine Wenigkeit beispielsweise belästigt man ungeniert mit solcherlei Inquisitorischem, wobei ich weder Frage 1 generell noch Frage 2 punktuell beantworten kann – *inzwischen auch nicht mehr will.*

Anregungen verschieden ergiebiger und ungleich willkommener Art, was ich als nächstes schreiben könnte/sollte/unbedingt müßte, nehme ich jederzeit mit höflichem Interesse zur Kenntnis, finde sie allerdings nicht unbedingt immer tragfähig.

Eine Meinung, die manche meiner Leserinnen und Rezensentinnen gern an meine dann irgendwann doch fertigen Texte und deren in ebensolchem Zustand an seinem Schreibtisch zusammengebrochenen Erzeuger zurückgeben…

> Meine Psyche ist der halsstarrigen Auffassung, daß sie ‹geschrieben› eine ihr bekömmliche Lebensform finden könnte. Sie begründet dies nicht weiter, sondern stürzt mich mit dieser undeutlichen, aber keinen Widerspruch duldenden Meinungsäußerung in die größten Schwierigkeiten.
> Wenn ich dann meinem frei fluktuierenden und nicht immer leicht zu bändigenden Seelchen anfange leidzutun, nimmt es mich regelmäßig bei der Hand, geleitet mich zu meinem Macintosh und bittet mich liebevoll: *«Nimm Platz, mein Freund, wir wollen etwas schreiben.[2]»*

---

[2] ‹Wir› ist blanker Hohn: ‹ES› amüsiert sich libidinös grenzenlos ausschweifend, lockt mit verfassungsfeindlichen Abgründen, ‹ICH› darf mit seinen Zivilisationsfertigkeiten und kulturellen Errungenschaften nach bestehenden Kräften prahlen, ‹ÜBER-ICH› spielt sich als Kompaniefeldwebel auf und versucht diktatorisch, das Oberkommando zu übernehmen und zu zensieren, was das Zeug hält!

Dieser Plan, der in unauslotbaren Frühnebeln schwankende Konturen anzunehmen beginnt – oder sich des öfteren auch wieder zurückzieht, ohne sich dem trüben Blick vollends gezeigt zu haben – gerät unabweislich in Opposition zu dem, was Jahrzehnte von Erziehung, Bildung und Zivilisation mehr oder weniger gelungen kategorisiert und kategorisch aufgestapelt haben: *«Gnädiger Herr, es ist angerichtet.»*

Für diesen Zwiespalt, nämlich insofern, als die semimärkische Herkunft quasi-genetisch etwas anordnet und das eine will und meine von FREUD et al. *(hört, hört!!)* in Freiheit gesetzte Psyche das andere nicht lassen kann, finden sich namhafte literarische Topoi: Man nehme KLEISTS ‹Prinz Friedrich von Homburg›, konfrontiere ihn mit LAWRENCES ‹Lady Chatterley's Lover›, und schon sind Karambolagen vorprogrammiert, deren Schadensspektrum von abgeblättertem Lack bis zu Totalschäden reicht – karrosserietechnisch umschrieben.

> Dann läßt mir das Große Hauptquartier in Sanssouci, wie üblich durch einen staubbedeckten reitenden Express-Boten des Potsdamer Gardedukorps «Le Grand Fritz», eine in knappem Befehlston abgefaßte Depesche, die um einen handlichen Stein gewickelt ist, durch das geschlossene Fenster unüberhörbar in die Wohnung übermitteln.
> Widerspruch dagegen ist nicht vorgesehen: *«Verehrter Streiter des Wortes, wählen Sie die Waffen.»*

> > *«Oh, Jane Alexa Coupar, sweet Rose of Kilmarnock, you're not seriously asking me this, are you?»*

Um dem Thema Erotik – denn darum wird es in den beiden folgenden Erzählungen auch gehen –, aus dem sich so unvergleichlich magische Hirngespinste weben und die verführerischsten Melodien komponieren lassen, von Anfang an die gebührende Aufmerksamkeit zu verschaffen, gehen wir in der ersten frei und höchst respektlos in die thematisch lockere Richtung *Decamerone* umphantasierten Geschichte einige Jahrhunderte zurück, aber nicht gen Süden und Italien, sondern ins Schottische Hochland an den Hof des Königs Arthur.

Im zweiten Text erfolgt eine beachtenswert dreiste Neuinterpretation des germanischen Heldenepos *Held Siegfried*. Auch dieser Geschichte fehlt es an einigem, was man bisher gewöhnt war, näherte man sich diesem gewaltig mit sich – und sonstigem – ringenden Thema: Sowohl Ehrfurcht als auch Demut vor den NibelungInnen wird die Leserin darin vergeblich suchen, stattdessen enden in Worms einstmals so vorbildlich germanische Leitplanken wie Zucht und Ordnung und law and order in einem Fiasko sondergleichen, gehen in die Knie wie eine von drei Wochen Dauerregen aufgeweichte Papp-Litfaßsäule.

Die wie immer in diesen Kreisen mit Gewalt verbundene Sexualität der agierenden Herrschaften treibt die obskursten Blüten, woraus sich für mich abenteuerlichste Querverbindungen ergeben, unbewiesene Behauptungen zuhauf werden von mir aufgestellt bis hin zu plumpesten Unterstellungen in Hinblick auf die weit vorangeschrittene erotische Befreiung der deutschen Frau von heute[1].

*

Vor einigen Jahren noch, um nun zielstrebig den honorigen Stammtisch des Arthur anzusteuern, an dem wir in Kürze Platz nehmen werden, hätte ich ganz gewiß die Rolle des Recken *Schwerenot* gewählt.
Heutzutage bevorzuge ich diejenige des Possenreißers.
Der Grund? Harlekinen ist weitaus mehr gestattet als dem armen Schwerenot, der vor lauter Ritterlichkeit in der christlich zweckorientierten Umdeutung alter Geschichten nicht ahnen durfte, daß Frauen und Männer manchmal sehr gut zusammenpassen, geschweige denn, daß er sich erkühnen dürfte, zu waghalsigen Experimenten *in vivo* zu schreiten.
Dem *Parzival* erging es zwar auch nicht besser, aber bei ihm haben die Gnädigen Herren zu Rom in ihrem Glaubenseifer ganz übersehen, daß sein Name eine abscheuliche Restbedeutung trägt, denn hier steckt ein Alt-Französisches ‹durch das Tal› drin; und wofür kann ein ‹Tal› wohl ein Symbol sein?

---

[1] Daß meine gesamten Axiome einer naturwissenschaftlichen Verifikationsprüfung allerhöchstens zwei Sekunden standhalten, ist auch genau so gedacht..., um dies sicherheitshalber gleich an den Anfang zu stellen.

Der allgemeine Konsens lautet, ein Hofnarr hat ‹nicht alle Tassen im Schrank› zu haben – und was er sagt und schreibt, das nehmen Vernünftige ohnehin für bare Münze nicht.
Und Blicke in das Ankleidezimmer einer Königin riskieren sowieso nur Toren, die den Sinn für den Wert von Illusionen schon lange verloren haben und die nicht wissen, wie gewaltig gewisse Zauber sind, solange sie ihres mystischen Schleiers nicht entkleidet werden.

Aber er sollte es nicht zu weit treiben, der Spaßvogel, und sich nicht in der Königin gülden Bettlein mit derselben *in flagranti* schnappen lassen!
Zumindest sollte er sich auf weibliche Verschwiegenheit verlassen können; sonst sitzen ihm plötzlich die klingelnde Narrenkappe und das drollige Köpfchen ziemlich locker auf den schmalen Schultern.

Der von mir trotz/wegen aller Schrecken hochgeschätzte EDGAR ALAN POE hat in seinem am Ende über die Macht satanisch triumphierenden *Hoppefrosch* noch eine andere, eine grausige Variante der ‹lustigen Person› geschaffen, die ihr orgiastisches Ergötzen darin findet, die zuvor auf seine Kosten Lachenden mittels Teer und Flachskostümen in Orang-Utans zu verwandeln, um sie dann aneinanderzuketten und letztendlich bei lebendigem Leibe zu verbrennen.
Eine in ihrer Finalität erstklassige Situation, sich ‹zu Tode zu amüsieren›!

> ‹Bei dir habe ich noch nie etwas Erotisches gelesen›, schrieb mir kürzlich eine mich schon lange zaghaft aus der Ferne Beobachtende.
> Nicht geschrieben hat sie mir: ‹*Mit dir habe ich noch nie etwas Erotisches erlebt.*›
> Immerhin.

Der Dame kann geholfen werden!

Der Untergang des Hauses Arthur oder: Die wunderschöne Königin Jane Alexa Coupar und ihre geheimnisvolle Feuerlilie

‹*Selbst mitten im Sommer war Tintagel ein geweihter Ort. Igraine, die Gemahlin des Herzogs Gorlois, blickte hinaus auf das Meer. Sie sah in den Dunst und den Nebel und überlegte, wie es ihr gelingen würde, die Tagundnachtgleiche zu bestimmen, damit sie das Neujahrsfest feiern konnte. In diesem Jahr waren die Frühjahrsstürme ungewöhnlich heftig gewesen; das Donnern des Meeres hatte Tag und Nacht im Schloß widergehallt, bis keiner der Bewohner mehr ein Auge zutun konnte und sogar die Hunde klagend heulten.*›
So läßt Marion Zimmer Bradley ‹Die Nebel von Avalon› aufwallen. Die Stürme toben, das Meer geht zum mordenden Raube aus und ängstigt die abergläubischen Menschen zu Tode.
Kollegin Bradley beschwört die dunstigen Zeiten, als der ‹Alte Weg› noch der einzig rechte war, von dem niemand abkommen durfte; damals, als die Ritter des Stammtisches um ihren riesigen steinernen Tisch saßen, dem mit den 28 Zahlen – ‹*Der Aufsichtsbeamte hat sich vor der Ziehung vom ordnungsgemäßen Zustand des Gerätes und der Herren Ritter überzeugt*› –, Arthur ihr weiser Führer war, und Schwerenot, gegürtet mit ‹Inkubus›, seinem treuesten Begleiter, ihm persönlich angefertigt vom großen Zauberer Hermelin, sich im Wohlwollen seines Herrn sonnte.

Und Arthur machte sich auf mit seinen Männern, auf machte er sich von der Burg Camouflage, dem FC Schalke 04 auf Gelsenkirchen den phantastischen Wanderpokal abzuluchsen, dieses von den Maltesern mit Aquavit, dem Wasser des Lebens, gefüllte Gefäß, das, von feindlichen Fanclubs frevelhaft geraubt, dem Vergessen entrissen werden mußte und seinem kühnen Retter Weisheit, Ruhm sowie eine beträchtliche Erhöhung der Fernseheinnahmen verhieß.

Und Arthur vertraute sein geliebtes Weib Jane Alexa Coupar dem edelsten seiner Ritter an, dessen Name Schwerenot war: Schwerenot, dem Siegreichen, Besitzer von ‹Inkubus›, dem vor jeder Anfechtung Gefeiten, Schwerenot, seinem zuverlässigsten Gefolgsmann...[1], in Schwerenots Obhut gab er Jane Alexa Coupar, deren einzigartige Schönheit zu preisen die Barden landauf und landab nimmer müde wurden.

>Und Arthur vertraute Schwerenot.
>Und auf Camouflage blieben zurück der Ritter Schwerenot mit seinem Schwert ‹Inkubus›, ein leise mit seinen silbernen Glocken klingelnder Hofnarr sowie Jane Alexa Coupar, die eine Feuerlilie an einem geheimen Ort versteckt hielt.
>Wer diese Wunderblume fand und richtig behandelte, der würde zusammen mit der Königin einen Blick ins Paradies tun können.
>Wer sie nicht richtig behandeln könnte, dem würde sie grenzenlose Angst und fürchterlichen Panik einjagen und ihn schließlich mit Haut und Haaren verschlingen.

Ansonsten verblieben auf der Burg, weil Arthur sonst nichts mit ihnen anzufangen wußte, diverse andere Knappen, Pferde, Hühner, Schweine, -Priester, Mägde, Hufschmiede, Sarg- und Hufnägel sowie weiteres unterschiedlich qualifiziertes Personal, um Camouflage auf Sparflamme am Laufen zu halten, während sich der Chef in Albion *and around* auf der Suche nach der geheimnisumwitterten Salatschüssel herumtrieb.

---

[1] Um sich den Recken Schwerenot vorstellen zu können, denke man rein physiognomisch an eine unerotische Kreuzung zwischen Pippi Langstrumpf und Hansi Vorderteicher, Österreichs zahntechnisch perfekt verblendete, dennoch unerbittliche Rache für Spaniens Julius Kirchen. An charakterlicher Stärke übertraf Schwerenot sogar noch Bundes-Depp Herberger, den Seppen von Bern-Wankdorf, 1954, und Friedhelm Netzer-Nachacker, dessen historische Bedeutung bis auf den gestrigen Tag weitgehend unklar geblieben ist, der aber trotzdem der Vollständigkeit halber in diesem Zusammenhang Erwähnung findet.

Heutzutage, in unserer so überaus wichtigen Zeit, in der sich die Menschheit so überaus wichtig vorkommt, daß sie das Wichtigste vergessen hat, nämlich, daß es ein Leben *vor dem Tode* gibt, in dieser Epoche also würde man den *mystery plot* von ‹Avalon› ganz entschieden anders erzählen als Zimmer-Bradleys Marion.
Er kommt viel zu weitschweifig daher, an den merkwürdigsten Gefühlsaufwallungen der Menschen, die in unserer restlos sachlich bestimmten Zeit *megaout* sind, will er uns vergeblich teilhaben lassen, voller altertümlicher Wörter steckt er, die keiner mehr kennt, und unnötig aufgebläht mit schwerfälligen Adjektiven[2] quält er die LeserInnenschaft: Sieht ja aus wie ein mit Speckstreifen gespickter Rinderbraten, der alte Schmöker!

In unserer wahnsinnig dynamischen *weight watcher*-Epoche führt ein Texter, der sein Metier versteht, als erstes eine professionelle Zielgruppenanalyse durch! Es folgen dann ein psychologisch abgestütztes prozeßorientiertes *stream-lining* in Hinblick auf Lesemotivation und Lektürewirkung und die analoge Textsortenaufbereitung nach LeserInnensegmentierungen.
Genau das, liebe Leserin, habe ich mit «Der Untergang des Hauses Arthur» gemacht, und damit Sie gleich wissen, in welches Textsortenfeld *Sie* sich als Rezipientin begeben müssen, sollten Sie sich darüber klar werden, welche Textsorte Sie sind. In bezug auf Erotik.

Vielleicht waren Sie – hoffentlich nur ein *einziges Mal* – so naiv und haben einen Lüscher-Farbtest oder die Rorschach-Tintenkleckserei über sich ergehen lassen dürfen? Als Sie sich, harmlos und unverdorben, wie Sie nun einmal sind und was ich an Ihnen, neben Ihrer hinreißend erotischen Ausstrahlung, ja auch sehr schätze, um eine Stelle bewarben?

---

[2] «*Viele Adjektive sind der Nasen Tod*», sagen manche Literaturkritiker. Vielleicht nicht einmal ganz zu Unrecht, wie ich zaudernd einräumen will. Andere verzapfen noch bedeutend mehr Mumpitz; mußten wir doch kürzlich folgende, Bauchschmerzen erzeugende Doppelbödigkeiten eine Kleinkritikers widerstandslos zur Kenntnis nehmen: «*Wieviel Wie-Wörter Willi wieder weiß – Tu-Wörter tun Texten tesser!*» Das letzte Wort akzeptiere ich nicht: Zu durchsichtig ist mir dieses Vorhaben, auf Gedeih und Gerderb Gottfried Grabbes Grabreime gurchgugalten!

Wenn Sie wüßten, was man da in Wirklichkeit über Sie erfahren wollte: Keine Nacht würden Sie mehr schlafen: garantiert!
Aber es kommt noch schlimmer: Ich halte jede Wette, daß die Herrschaften, die Ihnen diese mysteriösen Fragen und skurrilen Figuren vorlegten, das selbst nicht wußten, hatten sie doch nur ein modular einsetzbares Persönlichkeitsprofil mit Lösungsschablone erworben.
Die mitgelieferte ‹Schablone› spricht verräterische Bände über das dahinter stehende Menschenbild!
Getestet hat man in Wirklichkeit Ihren Hang zu sexualpathologischem Verhalten und Ihre latente Bereitschaft, Perversionen jedweder Art zum Opfer zu fallen (oder zu genießen) und Massenmorde der phantasievollsten Ausführung zu begehen.
Wobei man so überaus freundlich war, Ihre ‹Abartigkeit› oder ‹Linientreue› anhand einer Skala zu bestimmen, die von Leuten geeicht wurde, die ihr eigenes Verhalten zur Norm erhoben haben.

Ich würde also meinen, je weiter Sie aus dem ‹normalen› Koordinatensystem herausfallen, desto sinnvoller wäre es, daß wir uns zunächst ohne gegenseitige Entäußerung träfen! Ich glaube, das wäre dann das Ende aller Langeweile – *Tuchfühlungsmöglichkeit finden Sie weiter unten.*

Die komplette Analyse Ihres Psychoterrortests hat man Ihnen mit Sicherheit vorenthalten, weil die Auswerter selbst nicht wußten, was sie auswerteten.
Jetzt können Sie sich aber selbst testen, wie hoch oder niedrig Ihre Eignung für Erotik und Sex ist! Der Test erfolgt vollauf unkompliziert, nämlich durch ganz normales Lesen.
Das haben Sie doch vor Jahren in der Schule gelernt; erinnern Sie sich noch daran?
Bei mir müssen Sie keinen Fragebogen ausfüllen, das ist überflüssig, denn die nötigen Informationen besorge ich mir mit Leichtigkeit aus Ihren strahlenden blauen/grünen/grauen/mischfarbigen Augen – *mein Gott, Sie haben die schönsten Augen, die ich je gesehen habe!*
Sagen Sie jetzt nichts mehr – Sie sollen jetzt anfangen zu lesen:

Testanweisung
– Versuchen Sie, während Sie lesen, festzustellen, ob (und wenn ja, wie) Ihr Geist und/oder Ihr Körper auf diese Texte reagieren.
– Sie können das Ergebnis für sich behalten – Sie können es aber auch an 365 Tagen/Jahr (oder 365 Mal/Jahr) an meine e-mail@dres.se mailen.
– Wir könnten dann gern ein persönliches, Sie fürs erste zu nichts verpflichtendes Treffen vereinbaren, um evtl. noch offengebliebene Fragen unter vier Augen zu klären.

Ende der Testanweisung

Von vornherein denjenigen Damen ein Warnhinweis ins Stammbuch, die sich gern als ‹vernünftig› einstufen, um ihre gravierenden emotionalen Defizite zu kaschieren, und denjenigen, die in Erotik nicht so bewandert sind oder soeben beim Lesen dieses schlimmen Wortes sogar einen Schreck bekommen haben, weil sie diese Thematik für kritisch halten.

Vertiefen Sie sich lieber wieder in die ‹Anleitung zum Programmieren Ihres *multi tasking*-fähigen, infrarot *remote-controlled* Videorecorders›, den Sie kürzlich besonders günstig erstanden haben; dann sind sie die nächsten drei Wochen gut beschäftigt und stören nicht die erotischen Frauen, für die ich eigens *meine* Jane Alexa Coupar erfunden habe[1].

*

Executive Summary[2]
In England herrschte ein unbeschreiblich fürchterliches Mistmanagement: Der CEO kämpfte gegen die Unfähigkeit seiner eigenen Leidenden Angestellten, die, statt mit den hierarchisch nachgeordneten Ebenen Entwicklungsgespräche zu führen, Ziele zu setzen und diese alle fünf Minuten zu kontrollieren, ständige

---

[1] *Okay* – ich geb's ja zu: Die größte Freude an der reizenden Königin mit dem wunderschönen Körper habe ich selbst, denn ohne mich gäb's sweet and sexy Jane Alexa Coupar gar nicht! *(If I were you, I shouldn't be too sure, on the other hand...)* Aber SIE, liebe Leserin, SIE gibt's garantiert; eben genauso wie Jane Alexa Coupar – und das macht mir Hoffnung für die Zukunft der Menschheit.

[2] Die Namen sind geändert, um damit anzudeuten, daß jede/r von uns jederzeit von allem ereilt werden kann (oder von *jeder/m*, seit alle Handys haben)!

Kompetenzstreitereien vom Zaun brachen und Hackordnungen entweder demontierten, ignorierten oder in eigener Machtvollkommenheit nach ihrem Befinden neue errichteten. Die Budgetierungsrunden gingen regelmäßig voll in die Hose, da alle ausschliesslich damit beschäftigt waren, sich die eigenen Taschen vollzustecken. Da beschloß der CEO, eine Dienstreise nach Harvard zu unternehmen, um sich an der dortigen Management School den Nürnberger Trichter abzuholen, der es dann seinen Führungsleuten eintrichtern sollte. Einen externen Management Consultant von der schottischen Kopfjägeragentur McKinsey beauftragte der CEO, in seiner Abwesenheit auf die Portokasse aufzupassen, so daß dieser Notgroschen nicht unter die Räder käme. Damit die Belegschaft nicht Verdacht schöpfen würde, stellte er den Consultant als Gärtner ein. Was er dabei übersah, war der Name des Retters in der Not. Der Gärtner hieß ‹Bock›, und als der CEO viel später als geplant zurückkam, da er zunächst aus Versehen auf dem Nürnberger Reichsparteitagsgelände nach dem Harvard Trichter gesucht hatte, war alles viel schlimmer als zuvor. Die Kasse war aufgebrochen, und der McKinsey-Typ wußte plötzlich mehr als alle anderen von McKinsey – er hatte sogar schon gelernt, Männlein von Weiblein zu unterscheiden!
Ende des Executive Summary

*

Summary für empfindsame Jungfrauen der 1960er Jahre
Schwerenot, der auf die Frau seines Königs aufpassen sollte, während sich sein Herr und Meister damit beschäftigte, mit den anderen berittenen Jungs die Salatschüssel zu suchen und weiteren elementar hoheitlichen Aufgaben nachzugehen, hatte den Auftrag seines Stammtisch-Chefs Arthur insofern richtig in den falschen Hals bekommen, als ihm mit der Zeit nicht entging, daß Jane Alexa Coupar, die schöne Königin, unter ihren Kleidern einen verlockend anschmiegsamen Frauenkörper besaß.
Bevor wir uns nun in aufrichtig geheuchelter moralischer Entrüstung ergehen, sollten wir nicht vergessen, daß in diesen feuchten Gemäuern, welche die alten Rheumaburgen zweifelsohne darstellten, die Leistungen der Zentralheizungen doch noch sehr zu wünschen übrig ließen.
So daß Schwerenot und Jane Alexa Coupar ursprünglich damit angefangen hatten, ein Anschmiegen mit dem alleinigen Ziel durchzuführen, ihre zunächst unbefriedigende thermische Gesamtsituation zu verbessern.

Als es dann richtig behaglich geworden war und sie nicht mehr so jämmerlich zu frieren brauchten, das Zähneklappern nachgelassen hatte, merkten sie nach und nach, daß gewisse Veränderungen unter ihrem gemeinsamen Bärenfell an ihren nicht nur Gemeinsamkeiten aufweisenden Körpern stattfanden.
Schwerenot wurde immer männlicher und Jane Alexa Coupar immer weiblicher und, ohne daß die wärmende Komponente allein den hauptsächlich auf Schwerenots Seite von Jane Alexa Coupar mit Interesse beobachteten entscheidenden Ausschlag gegeben haben könnte, schmiegten sie sich immer enger aneinander, ja schließlich richtig ineinander – *and they lay as one*.

*

Summary für die abgebrühten Internet-Leserinnen des 3. Jahrtausends nach Christus

Sollte nach der bisherigen Lektüre der Eindruck entstanden sein, wir hätten es in der Figur des Schwerenot mit einem ‹tumben Toren› zu tun in bezug auf die Damenwelt und seine Kenntnisse von dem gefährlichen Zeug, das diese Sphinxen unter ihren selten zu engen Blusen und nie zu kurzen Röckchen verbergen, so muß dieses Bild auf der Stelle etwas retuschiert werden.

Dies wird am besten dadurch gelingen, daß wir einen näheren Blick auf die seinerzeit von jedem Kind und Jüngling von Stand zu durchlaufende Erziehung werfen.

Genährt worden war der Säugling von seiner Amme, die von Mutter Natur optimal für diese Aufgabe ausgestattet worden war und an deren reichhaltigem Getränkeautomaten sich das Kind mit Vorliebe vergnügte, was die Nahrungsspenderin nicht lustlos über sich ergehen ließ.

Und das Kind gedieh aufs prächtigste und wuchs zu einem stattlichen Jüngling heran.

Eines Tages, als Schwerenot sich in seinem Gemach aufhielt, hörte er zufällig, ohne dies gewollt zu haben, wie sich zwei Mägde kichernd unterhielten, während sie im Nebenraum sein Bett richteten.
Durch die leicht geöffnete Tür sah er, wie sich die eine von ihnen, ein Bauernmädchen von vielleicht 18 Jahren, über das Bett beugte, um das Laken glattzuziehen. Dabei hob sie ihr reizendes Hinterteil einladend in die Höhe, und sie sagte verschmitzt zu ihrer ungefähr 14jährigen Freundin, deren Blick auf ihre teilweise entblößten Oberschenkel ihr nicht entgangen war: «*Was glaubst du, Yoni, ist es wohl eine Sünde, wenn sich*

Mädchen liebhaben?» – und ohne eine Antwort abzuwarten, knöpfte sie ihr Mieder auf, öffnete es weit, und ihr Busen hüpfte fröhlich ins Freie. *«Jetzt zeig' du mir auch deine Schätze, Yoni, und zier' dich nicht, du hast doch einen so schönen Körper, ich hab' dir nämlich gestern heimlich zugesehen, wie du mit dir selbst gespielt hast.»* Woraufhin Yoni, die von dieser Bemerkung sichtlich in Verlegenheit gebracht wurde, tief errötete und zu stottern begann: *«Aber das dürfen wir doch nicht tun, Kunta. Wenn uns jemand dabei zusieht…»*, dies konnte Schwerenot nur von ihrem Mund ablesen, so leise und nicht gerade standhaft flüsterte sie ihre Bedenken.

Kunta, die wohl der Meinung war, daß sie genügend Überzeugungsarbeit geleistet hätte, umschlang ihre Freundin von hinten, und ihre neugierigen Hände verschwanden in Yonis Bluse, wo sie zielsicher die sich gerade erst runden wollenden Höcker fanden, die sie gesucht hatten.

Schwerenot begann schneller zu atmen, als er sah, wie Kuntas Hände nimmermüde ans Werk gingen, wie emsig nach Nahrung wieselnde Tiere hin und her fuhren und das umfaßten, sanft hoben, vorsichtig streichelten und liebkosten, was er immer noch nicht sehen, sich nur ausmalen konnte, denn Kunta begann erst nach und nach, ihre Bettgefährtin aus ihren Kleidern zu befreien – bis die Arme ganz nackt im Zimmer stand und ängstlich ihre spitzen Brüste und ihr blondes Schamdreieck zu bedecken suchte, die Beine fest geschlossen haltend, damit ihrer verängstigten Jungfräulichkeit nur nichts Böses geschähe oder gar die Girlanden, die das Portal ihrer Lust umkränzten, vorwitzig hervorschauen würden, als verlangten sie danach, berührt und geöffnet zu werden, während ihre auf Erfüllung drängende Gespielin sich schnell selbst entkleidete.

Dann zog Kunta die leicht widerstrebende Yoni aufs Bett und ließ ihre spielerisch suchende Zunge zwischen die rauhen Lippen ihrer Partnerin gleiten.

Die Mädchen lagen eng umschlungen, und unter den immer unwiderstehlicher werdenden Küssen ihrer Verführerin schmolz Yonis Befangenheit dahin. Mit leisen Seufzern bewegte sie ihr schmales Hinterteil auf dem Bett, während Kuntas Hand aus ihrem Haar glitt, das sie lange gestreichelt hatte, um vorsichtig tastend an Yonis elektrisierten Körper herabzuwandern.

Ihre harten Knospen umkreiste, dann kurz an ihrem Nabel stehenblieb, vorsichtig mit einem Finger dessen Tiefe auslotend, einen kurzen Ausflug auf ihren rechten Oberschenkel machte, dort verhielt und – während die Besitzerin der gefühlvollen Hand ganz sanft an Yonis Unterlippe nagte – schließlich auf ihren Venusberg krabbelte, wo sie sich im Haargekräusel versteckte und eine Verschnaufpause einlegte, um das versiegelte Heiligtum der Aphrodite nicht zu ungestüm zu betreten.

Ihre Körper rieben sich aneinander, und Kuntas Haut verstand, was Yonis Wärme ihr übermittelte: «*So sehr ich es möchte, so sehr fürchte ich mich davor.*»

Kunta lächelte liebevoll, bedeckte Yonis Hügelchen mit ihren Händen, kuschelte ihr Gesicht in das seidige Haar ihrer Gefährtin und nahm den Duft eines in ihm schwebenden Torffeuers tief in sich auf.

> Das Spiel der Mädchen hatte auf Schwerenot seine Wirkung nicht verfehlt, der spürte, wie sich seine Männlichkeit mit Macht gegen ihr immer enger werdendes Gefängnis stemmte, sich reckte und streckte und ihn schließlich laut aufstöhnen ließ.

Kunta ließ augenblicklich von ihrer Partnerin ab, setzte sich auf die Bettkante und sah erschrocken zum Nebenraum hinüber.
Dann beugte sie sich zu Yonis Ohr, flüsterte etwas hinein, die beiden Mädchen sprangen eiligst aus dem Bett, griffen sich, so schnell sie nur konnten, ihre Kleider und liefen flink aus der Kammer davon.

Kunta hatte sich geschworen, kein einziges Wort über diesen Vorfall jemals einem anderen Menschen mitzuteilen, jedoch beschäftigte sie diese Angelegenheit so stark, daß sie sich eines schönen Tages ihrer Vertrauten Cunina offenbarte, wobei sie in ihrer Erzählung besonders betonte, daß sie wohl zu gern gewußt hätte, was Schwerenot denn zu einer solch hörbaren Gemütsbewegung gebracht hatte, da sie keine genauen Vorstellungen davon habe, was wohl bei Schwerenot geschehen sei, daß er so mitleiderregend geseufzt hätte – ohne ihrer ehemaligen Amme zu viele Details über das zuzumuten, was Yoni und sie gemeinsam auf dem Bett unternommen hatten, was auch nicht nötig war, denn Cunina reimte sich diese Bettgeschichte schnell zusammen, war doch auch ihr nicht entgangen, daß Yoni zu einer hübschen Frau heranwuchs, und allzu fern lag auch ihr der Gedanke nicht, doch einmal nachzusehen, wie weit Yoni wohl erwachen würde, streichelte man sie an verschiedenen Stellen ihres Körperchens.

Cunina fand, daß Kuntas Geschichte ihre eigene Phantasie stark beflügelte, und ihre Hand verschwand plötzlich so selbstverständlich, als wäre dies ein höchst alltäglicher Vorgang, geschwind unter Kuntas weitem Rock, ertastete die Stelle, an der das errötende Mädchen am weiblichsten war, ließ ihre Finger indiskret zwischen ihren Schenkeln lustwandeln und zog sich wieder taktvoll zurück, nicht ohne bemerkt zu haben, daß die vorsichtige Annäherung an Kuntas feinfühlendste Körperteile diese nicht unbeeindruckt gelassen hatte.

Und Kunta stieg eine zarte Röte in die Wangen, von der sich nicht sagen ließ, ob sie das Resultat von Schüchternheit oder freudiger Erwartung war.

«Du bist jetzt langsam in dem Alter, daß du auskundschaften solltest, welche Talente dein Körper hat; die Männer sind uns dabei keine rechte Hilfe. Sie haben weitaus mehr Begabung, Unfrieden in der Welt zu stiften, als daß sie ein Gefühl dafür hätten, wie sie ihren Frauen Zufriedenheit schenken könnten; das Geschick dazu ist ihnen verlorengegangen – wenn sie jemals eines hatten.
Jedenfalls den meisten Männern, die sich einbilden, je schneller sie zum Gipfel gelangen, desto höher steigen sie in ihrem Ansehen bei uns – die ahnungslosen Tölpel! Schnell, schneller, noch schneller – in einer Parforcejagd uns kräftig die Sporen geben, als wären wir junge Stuten, die zugeritten werden müssten.»

All dies sprach Cunina zu Kunta, und als sie Kuntas Betroffenheit sah, lachte sie aufmunternd: «*Nun gräme dich nicht zu arg, mein Kind, du hast ja deine kleine Yoni*», und gab Kunta einen ordentlichen Klaps auf ihr Hinterteil, derjenigen Kunta, die in ihre schüchterne Yoni seit ihren ersten gemeinsamen Zärtlichkeiten in einer Art verliebt war, daß keine Hoffnung auf baldige Errettung aus diesem himmlischen Kettenkarussell in Sicht war – und Aussteigen während der Fahrt ist streng verboten, da höchst gefährlich!

*

Wie Beate Uhse die Geschichte erlebt und sofort weiterverkauft hätte

Cunina hatte gesagt: *«Kunta, noch etwas, wenn du dich morgen früh um 9 dort versteckst, wo Schwerenot so beunruhigt war, dann kannst du zusehen, wie ich mit ihm etwas ganz Aufregendes mache. Sei pünktlich, damit du das Vorspiel nicht versäumst.»*

Was Cunina indessen nicht wußte, war, daß Kunta unverzüglich ihre kleine Yoni in den Plan einweihen würde, mit dem verstohlenen Hintergedanken, auf diese heimliche Weise bei ihren vorsichtigen Expeditionen in die unerforschten Geheimnisse ihrer Geliebten vielleicht etwas schneller voranzukommen.

> Denn Yoni würde das, was Cunina angekündigt hatte, ganz sicher nicht unbewegt lassen, und Kunta ersehnte inzwischen nichts mehr als eine körperliche Erfüllung ihrer tiefen Sehnsucht.
>
> Wenn sich Yonis enges Lusttälchen in einen feuchten Wiesengrund verwandeln würde, angefeuert von Cuninas Aktivitäten, würden Yonis Hemmungen bestimmt fallen wie der Brautschleier in der Hochzeitsnacht, hoffte Kunta.
>
> Wie verabredet standen die beiden Mädchen am nächsten Tag Hand in Hand mit pochenden Herzen an der vereinbarten Stelle.

Wie sie leicht erspähen konnten, lag der junge Herr Schwerenot in ritterlich mustergültiger Haltung in seiner Kiste und sammelte seine Kräfte für den bevorstehenden Tag, an dem die üblichen Hindernisläufe, Räuber-und-Gendarm-Spiele, Sauhatzen, Schnitzeljagden, das kameradschaftliche wechselseitige Frakturieren der Nasenbeine, donnerndes Verbeulen ihrer blechernen Dienstmützen mit Morgensternen, Hellebarden und Dreschflegeln sowie weitere nützliche, ruhmbringende Betätigungen auf dem Dienstplan der männlichen Besatzung der stolzen Burg Camouflage standen – jener stolzen Feste, zu deren aufragendem Burgfried die weibliche Besatzung voller tiefer Ehrfurcht und verzückter Bewunderung aufzusehen per Dauerdekret der Kommandantur striktest gehalten war und von dessen Klimax in besonders kritischen Belagerungsphasen heißes, klebriges Pech wahllos verspritzt wurde, um den Angreifern ihren Schneid abzukaufen.

Es klopfte an der Tür des Schlafgemachs des Herrn Schwerenot, der sich daraufhin im Bett aufrichtete, sich die Augen rieb und ein flegelhaft knappes: «*Cometh thou in and tread thou further into this excruciating chamber of horror if ever thou should dare to face danger and eternal death inflicted upon thou by Heavytrouble the knighty might!*[1]» mehr gähnte als sprach.

Cunina, denn natürlich war sie es, ließ sich von dergleichen Einschüchterungsversuchen nicht beirren, sondern betrat mit einem halblauten: «*Belt up, you bugger!*» und einem ganz lauten: «*Guten Morgen, junger Herr, heraus, heraus, es zinnet schon von den Rufen!*» das Schlafgemach des Jungritters, um sein Bett zu richten, denn dies pflegten die Herren Ritter, selbst die der Nachwuchskategorie, damals wie heute, nicht selbst zu erledigen, da dies weit unter ihrer Würde lag, damals wie heute – wofür hielt man sich schließlich Gesinde, damals, und Ehefrauen und ähnliches Gesindel, heute?!

Ohne sich lange mit Fisimatenten aufzuhalten, begann Cunina mit ihrer Arbeit, beugte sich über das Bett, dabei dem im Bett liegenden Schwerenot einen ersten Blick zwischen ihre schweren Brüste gewährend, die, von ihrem leicht aufgeknöpftem Wams mehr beschattet als bedeckt, den Bewegungen ihres Körpers folgten und vor des Jünglings weit aufgerissenen Augen einladend hin und her pendelten wie reife Birnen, die darauf warteten, gepflückt zu werden.

Schwerenot wurde es warm unter seiner Decke, und er drehte sich zur Seite, schamhaft vor Cunina eine beginnende Veränderung seines männlichen Körpers verbergend.
Die tüchtige Magd bemerkte dies keineswegs, dazu war sie viel zu sehr damit beschäftigt, ihre Arbeit zu verrichten; sie umrundete die Schlafstatt, zog hier ein wenig am Laken, dort an den Decken und ging schließlich energischen Schrittes zu einer Truhe, die an der

---

[1] Don't you forget, we're in Scotland!

Zimmerwand stand, um Handtücher zu holen, zu welchem Zwecke sie sich tief bücken mußte – sehr, sehr tief sogar.
(Wichtige Meldung vom Beate-Uhse-Server: «Den Höhepunkt erreichen Sie nur gegen Vorauszahlung; geben Sie jetzt Ihre Kreditkartennummer ein und klicken Sie auf ‹o.k.›.»)

Fast hätte man glauben können, sie bückte sich im Zeitlupentempo und verschwand mit ihrem Oberkörper in der Truhe. Und da sie ihre Röcke irgendwie beim Bücken behinderten, sie deshalb wohl nicht recht finden konnte, was sie in der Truhe zu suchen schien, so raffte sie kurz entschlossen die ihr lästigen Kleidungsstücke in die Höhe und vergrub sich in den Wäschevorräten, dem Jüngling im Bett ihren Rücken in seiner ganzen Länge präsentierend – und noch Tieferes.

Und Schwerenot entdeckte, daß sie unter ihren Röcken lediglich das trug, womit sie auf die Welt gekommen war – nämlich ihre unzweifelhaft weibliche Konfiguration. Schwerenot starrte auf ihr kräftiges Hinterteil, während Cunina partout das, was sie suchte, nicht finden konnte, weshalb sie sich tiefer und tiefer in die Truhe versenken mußte und, damit sie das Gleichgewicht nicht verlöre, stand sie ausgesprochen breitbeinig da.
Zwischen ihren Schenkeln gedieh ein buschiges Dickicht, das Schwerenot schier den Atem verschlug, denn er hatte wenig Vergleichsmöglichkeiten, was diese aufregendste Art weiblichen Haarwuchses betraf. In seinem Bett, das vielleicht zwei Meter von der Truhe und Cunina entfernt stand, wurde Schwerenot immer steifer vor Entsetzen angesichts der sich provozierend ihm darbietenden Cunina.

Im Nebenraum flüsterte Kunta ihrer Yoni ins heiße Ohr: *«Das hält der Schwerenot nicht lange aus. Bei soviel ungeschminkter Hinterfotzigkeit dieser brünstigen Scharfnetze wird er bestimmt gleich aus der Haut fahren»*, was Yoni sicher auch gemeint hätte, wenn sie damals bereits gewußt hätte, was Kunta damit meinte.
Aber statt über dergleichen merkwürdige Äußerungen ihrer Freundin lange zu sinnieren, sah sie lieber wieder zu der Szene hinüber, die immer anregender wurde.

In des Ritters Männlichkeit regten sich Urgewalten, und sein maskulines Erkennungszeichen blühte auf. Eine große Unruhe befiel den Schwerenot, dessen Hände nicht mehr oberhalb der Decke liegenbleiben wollten, und der junge Held vermied es wie der Teufel das Weihwasser, sich wieder auf den Rücken zu legen, denn es wäre ihm überaus genierlich gewesen, hätte Cunina den saft- und kraftstrotzenden Zustand seines mannhaft aufgerichteten Helden entdeckt, dessen wahre Absichten nicht mehr zu übersehen gewesen wären.

Was ohne Zweifel haargenau mit dem Begehren Cuninas der Listenreichen übereinstimmte, die nun ohne weitere Umschweife ihr Ziel ins Visier nahm, welches darin bestand, Schwerenot in das wahre Zentrum des Lebens einzuführen – das nur ein weibliches sein kann.

> Sie tauchte wieder aus ihrer Truhe auf, glättete provisorisch ihre Röcke und schritt, einige Handtücher über den Arm gelegt, zu Schwerenots Bett, auf dessen Rand sie Platz nahm.
> *«Junger Herr, erhebt euch, es wird Zeit, daß ich euer Lager richte.»*

Schwerenot machte keinerlei Anstalten, dieser Aufforderung nachzukommen, denn sein hartnäckig angespannter Zustand ließ dies nicht zu, wie er peinlich berührt glaubte.

Cunina, die wohl ahnte, welch erhebendes Schauspiel unter der Decke vor sich ging, spielte die Unwissende: *«Ist euch nicht wohl?»*, ließ ihre Hand unter die Bettdecke zur Mitte seines Körpers gleiten und rief aus: *«Aber Schwerenot, à la bonne heure! Was haben wir denn da? Darf ich euch ein wenig Erleichterung verschaffen?»*

Ohne die Antwort des Jünglings abzuwarten, zog sie rasch die Decke weg, und *Sie* bekommen jetzt eine wichtige Mitteilung des Beate-Uhse-Servers:

«Sehen Sie sich zusätzlich unser superscharfes Video ‹Wilde Teenies beim Liebesspiel› an, wenn Sie hautnah sehen wollen, was noch alles passiert und was die schamlosen Mädchen im Nebenzimmer alles anstellen – damit Ihnen zur Abwechslung mal so richtig der Hut hochgeht!

Um sich einen Videofilm herunterholen zu können, geben Sie sechzehn Mal hintereinander Ihre Kreditkartennummer, das Wasserzeichen Ihres Freischwimmer-Zeugnisses, den Geburtstag Ihres Wellensittichs, das Datum, wann Ihnen definiv und auf Lebenszeit der Führerschein abgenommen wurde und dreiundzwanzig verschiedene Passwörter ein.

> *Installieren sie nun mit Ihrer rechten Hand die neueste 128-Bit-Verschlüsselungs-Software in Ihrer Brause, deyten Sie mit der linken Hand simultan mit dem Brausen den Real Player ab.*
> *Schalten Sie in Abständen von 28,7 Sekunden die Hauptsicherung 46b (dies funktioniert allerdings nur bei PC-Modellen der Bauserie 106-0X8-7Q8,43-00712, die vor dem 1. Januar und nach dem 31. Dezember produziert worden sind! Bei allen anderen Modellen ist gar nichts mehr zu machen. Überhaupt nichts!) vierundvierzig Mal ein und aus, während Sie gleichzeitig mit Ihrem linken Hinterbein (das ist Ihr Schwimmfüßchen) die Kühlschranktür, aus der Sie die Eier entfernt haben, rhythmisch öffnen und schließen und mit Ihrem Kletterfüßchen (hinten rechts) den Toaströster im gleichen Takt zwischen ‹Roggenbrot, hell/Mischbrot, dunkel/Toastbrot, verbrannt› switchen.*

Sollte jetzt in Ihrem Garten die Rasenberieselungsanlage loslegen, in Ihrer Garage ein Brand ausbrechen und/oder die Sauerstoff-Notversorgung Ihres Diskusfisches ausfallen, müssen Sie alle vorherigen Schritte in umgekehrter Reihenfolge wiederholen.
Bevor Sie dies tun, informieren Sie die Feuerwehr über Ihre außer Kontrolle geratene Garage. Dies muß mittels Leuchtraketen, rot, Mehrstern, erfolgen, da Ihre Telephonleitung gerade durch das 56-K-Modem blockiert ist; dies gilt allerdings nur, wenn Sie keine ISDN-Leitung haben!

> *Nicht-ISDN-BesitzerInnen achten bei – besser noch vor – Abfeuern der Signalraketen vom Schreibtisch aus darauf, daß die Balkontür komplett geöffnet ist.*
> *WARNHINWEIS: Schießen der Raketen gegen Wände und Vorhänge kann zu weiteren Minderungen Ihrer Wohnqualität bis hin zu gesundheitlichen Langzeit-Beeinträchtigungen führen!*

> *Lassen Sie sich auf keinerlei fruchtlose Diskussionen mit der mittlerweile angerückten fire brigade ein, sondern starten Sie stattdessen, falls Sie dazu nervlich noch in der Lage sein sollten, Ihren PC neu.»*

Drei Stunden, fünfundvierzig Minuten später: nach drei Systemabstürzen, zwei Notabschaltungen, einem Strom-, einem Nervenzusammenbruch, mehreren heftigen Explosionen in der Heizungsanlage sowie etlichen Tobsuchtsanfällen:
«*Hier spricht Ihr Systemadministrator: Zugangsberechtigung verweigert. Ihre Daten sind automatisch an die Sittenpolizei weitergeleitet worden. Diese Nachricht zerstört Ihren PC in 30 Sekunden rückstandsfrei.»*

Pest und Verdammnis!!!

*

Summary für die erfahrene Leserin, die, im Gegensatz zur kleinen Yoni, schon länger weiß, was in der Liebe Trumpf ist
Eines Abends, als der getreue Schwerenot durch die Burg patrouillierte, um über die Sicherheit der Königin zu wachen, sah er, daß aus der einen Spalt breit geöffneten Tür, die zu den königlichen Gemächern führte, ein Licht hinaus auf den Flur fiel.
Auf leisen Schnabelschuhsohlen, um ihrer Majestät Ruhe nicht zu stören, schlurfte der gichtgeplagte Schwerenot näher und wollte gerade vorsichtig die Tür schließen, als er hörte, wie die Königin ein Lied sang.
Es war ein honigsüßes Lied, wie selbst er es nicht besser hätte singen können, voller Sehnsucht und unerträglicher Liebespein, und dem Schwerenot ward, als zöge ein Reif von kaltem Erz sein wild pochendes Herz zusammen – grad so, wie wenn er wieder einen dieser vermaledeiten Astma-Anfälle bekommen wollte: «*Seventeen men on the dead man's chest – yoho, and a bottle of rum.»*

Wenn Schwerenot nicht ständig auf irgendwelchen abbruchreifen Schlössern des baufälligen englischen Landadels untertariflich bezahlten Dienst hätte schieben müssen, sondern, wie ein Kerl von rechtem Schrot und Korn, auf Ihrer Majestät Windjammern die Stürme vor Kap Horn[1] abgeritten hätte, einstimmen hätte er können in seinem durchdringenden Falsett: «*Yoho, and a bottle of rum!*»

So blieb ihm nichts, da er den Text nicht konnte, nichts blieb ihm, als vorsichtig in das Zimmer zu spähen und nach Feinden Ausschau zu halten. Und was er sah, war schlimmer als der furchterregendste Gegner, den er je auf dem Feld der Ehre erblickt hatte. Schwerenot sah zum ersten Mal, wie eine nackte Königin aussieht, wenn sie vor dem Spiegel sitzt und der Hofnarr ihr das hüftlange rote Engelshaar bürstet.
Aufreizend langsam und liebevoll – und wieder und wieder bürstete er sie voller Hingabe. Und sie genoß es zutiefst in ihrem Innersten.

Das Haar allein, jedoch, war noch nicht alles, denn Jane Alexa Coupar hatte, wie Schwerenot im Spiegel sah, einen wunderschönen Busen mit dunklen Sprößlingen, die sich keck gen Himmel reckten, als wollten sie sagen: «*Komm doch zu uns, Schwerenot, wir warten auf dich; wir sehnen uns nach deinen zärtlichen Berührungen.*»
Und die Besitzerin dieser Pracht begann ein neues Lied, das dem ersten an Inbrunst in nichts nachstand: «*There are ten sticks of dynamite hanging on the wall…, and if one stick of dynamite should accidentally fall: there'll be no sticks of dynamite and no fucking wall!*»

In diesem Moment fiel dem Hanswurst die Haarbürste aus der Hand, die Königin stand geschwind auf, bückte sich tief, und Schwerenot sah voller Schrecken, daß Jane Alexa Coupars natürliche Haarfarbe zweifelsohne rot wie der Teufel selbst war, und auch nahm er entsetzt war, daß seine Königin an mindestens einer bedeutsamen Stelle ihres Körpers ganz anders aussah als Ritter – denn da war nichts.

Bei Rittern ist dort etwas.

---

[1] Dort, meine verehrten Damen, südlich von Feuerland, wo Poseidon seine Orkanmaschinen im roten Bereich dröhnen läßt, dort könnten Sie die Demut lernen, die Ihr Partner so gern von Ihnen hätte – *aber hoffentlich nie erhalten wird!*

Und dieser verschlingende Abgrund von einem Nichts, der grauste Schwerenot ganz unerhört.

Als Jane Alexa Coupar mit dem Kämmen fertig war, erhob sie sich und schritt mit kokett wippenden Brüsten graziös zu einer spanischen Wand, die mit antiken Szenen kunstvoll verziert war.

Schwerenot erkannte darauf archaische Säulen, von sich öffnenden Passionsblumen umrankt, und eine Unzahl von Bäumen, über und über mit Aprikosen behangen, deren süßer Duft bis zu ihm zu dringen schien. Zwischen den Säulen weideten friedlich Schafe, und ins Gras gegossen lag ein spärlich bekleidetes Bauernmädchen, das damit beschäftigt schien, eine wunderschön geschwungene Muschel neugierig zu untersuchen.

Im Hintergrund der bukolischen Szenerie erblickte er einen Vulkan, der in kolossalen Fontänen seine heiße Lava hoch in den Himmel schleuderte.

Hinter dem Sichtschutz stand offenkundig ein wassergefüllter Badezuber, denn den Geräuschen nach zu urteilen tauchte Jane Alexa Coupars königlicher Alabasterkörper mit leisem Plätschern in Wasser. Das flackernde Rot des Kaminfeuers an der Wand des Gemaches warf auf den sie beschirmenden Paravant die Silhouette ihres wohlgeformten Beines, das die Königin mit einem großem Schwamm sorgfältig mit Schaum bedeckte: von ihrem Elfenfüßchen bis dahin, wo ihr der Teufel persönlich eine Feuerlilie zwischen die Schenkel gelegt hatte.

> Und Schwerenot, der heldenhafte Ritter, wurde von einem übermächtigen Schwindel ergriffen, der kalte Schweiß brach ihm aus allen Poren, und hätte er sich nicht geistesgegenwärtig auf den steinernen Boden gesetzt, die ihn betäubende Ohnmacht, ausgelöst von Jane Alexa Coupars bezaubernder Nacktheit, hätte ihn sicher von den Beinen geholt und niedergeworfen.

Als er wieder zu sich gekommen war, hörte er ein feines Klingen von silbernen Glöckchen aus der Richtung des königlichen Badetroges, er schlich vorsichtig zum Türspalt und sah die Königin nackt im Holzbottich stehen.

Geduldig und mit einem andächtigen Lächeln genoß es ihre Durchlaucht, vom Hofnarren sehr sorgfältig und mit großer Hingabe von oben bis unten abgetrocknet zu werden.

Und aus der strahlenden Venus samtenem Behältnis rannen Freudentränen des beginnenden Entzückens, die in ihrem roten Haar glänzten wie Sonnentau.

Hingegen Schwerenot, den tapferen Ritter, haute es volles Rohr um: Mit einem blechernen Geschepper, das durch Mark und Pfennig ging, legte es ihn in seiner glänzenden Rüstung mit einer solchen Wucht auf den eiskalten und knochenharten Fußboden der Burg Camouflage, daß Little Red Riding Hood in ihrem Zuber zur bunten Person meinte: «*Zunder und Zoria, hol' mich doch gleich der Teifel, wenn da nicht wieder 'n Kronleuchter von der Decke gerauscht ist. Elende Bruchbude!*»

Dann schloß sie die Augen und öffnete leise seufzend die königlichen Schenkel, zwischen deren Elfenbein ihr feuchtlippiges Pelztierchen es kaum erwarten konnte, sich von des Narren einfühlsam vordringenden Fingern ein *Sesam öffne dich* zukraulen zu lassen, um die tiefer und tiefer atmende Besitzerin dieses immer munterer flatternden Schmetterlings in atemberaubende Höhenfeuerwerke des siebten Himmels zu entführen[1].

Als die Königin wieder auf die Erde zurückgekommen war und schließlich ihre türkisfarbenen Augen öffnete, warf sie dem Schelm lächelnd ein Kußhändchen zu, nahm ihn bei der Hand und führte ihn zu ihrem Schlafgemach, das dominiert wurde von einem großen Himmelbett mit einem purpurnen Baldachin.

Sie schritt ein wenig vor dem Bajazzo, mit der feingliedrigen Grazie einer Primaballerina des Sankt Petersburger Mariinskij-Theaters, sich hin und wieder zu ihm umdrehend und ihm dabei jedes Mal einen ihrer *pas de deux* tanzenden Paradiesäpfel zeigend.
Einmal blieb sie stehen, drehte sich ganz zu ihm um und bot ihm in aufreizender Pose, die Schenkel geöffnet, ihre Brüste in ihrer ganzen Herrlichkeit.

---

[1] Dem Hofnarren und Jane Alexa Coupar gelang es trotz intensivster verdoppelter Hingabe nicht, in der Königin geheimsten Regionen den ursprünglich geplanten Trockenheitsgrad zu erzielen – während im Ballsaal der Burg Camouflage die zauberhafte Arie *La donna è mobile* in einer frühen, stark keltisch modulierten Partitur erklang.

Während ihr ergebener Diener sich nicht lange bitten ließ, verirrte sich ihre königliche Hand unter des Narren Gewand, damit sie sich vom Grad des Entzücktseins ihres Begleiters überzeugen könnte.

Um diese Höflichkeit nicht unerwidert zu lassen, entkleidete sich der auf diese Weise Aufgeforderte schnell und lautlos, drängte sich näher an den heißen Körper der Königin, und Jane Alexa Coupar hauchte ein tief gefühltes ‹Oh›, als ihre durch den Aufenthalt im Schaumbad perfekt vorbereitete königliche Scheide den Besucher so innig in sich hineingleiten fühlte, daß in beiden das starke Gefühl aufflammte, sie dürften nie wieder voneinander lassen.

Eine geraume Zeit verharrte das Paar in dieser unbequemen, aber ihr kein Maß und keine Grenzen duldendes Verlangen vorerst ein wenig lindernden Stellung, ihre Becken aneinanderdrückend, sich sanft wiegend und schaukelnd, dann sich wieder vorsichtig voneinander entfernend, aber immer darauf achtend, daß sie die Vereinigung ihrer Körper nicht für eine einzige Sekunde unterbrachen.

Dann lösten sie sich behutsam voneinander, während sie sich zärtlich küßten, eilten zur Liegestatt, Jane Alexa Coupar bettete ihren majestätischen Körper, ihre glitzernde Feuerlilie öffnete sich einen einladenden Spalt breit, und der höfische Eulenspiegel versank in Ozeanen unerklärbarer Tiefen.

Die Welt mit ihren Narreteien wurde bedeutungslos, und als er lag – nach einem langen prachtvollen Flammengezüngel, wie er noch keines erlebt hatte, Seite an Seite lag der Faxenmacher mit der schönsten Königin der Welt – da schien der Mond sehr diskret und rücksichtsvoll auf Jane Alexa Coupars Feuerlilie, denn sie ruhte auf dem Rücken und hielt ihre Beine leicht geöffnet.
Und er wandte kein Auge von dieser erregenden Lilie, die ihm direkt aus dem Garten Eden überbracht worden war, und als die Sonne schließlich auf goldenen Strahlen den Morgen mit triumphierendem Donner unter den Betthimmel der Königin trug, da dachte er: ‹*Dies ist ein vollendeter Tag, um geboren zu werden.*›

Neben ihm ging friedlich der Odem der Königin Jane Alexa Coupar, und ihr Busen hob und senkte sich ganz regelmäßig, während sie schlief.

Und ich werde über sie wachen bis an der Welt Ende – denn wer könnte wohl würdiger sein, bis zum Jüngsten Tage auf Händen getragen zu werden, als die Königin Jane Alexa Coupar mit ihrer unvergleichlichen Feuerlilie?

*

Aber was geschah denn nun wirklich auf Camouflage[1]?
‹*Menschlich gesehen hätte Schwerenot den Befehl seines Vorgesetzten umfassender und einfühlsamer nicht ausführen können, denn die Königin war's zufrieden, Schwerenot sowieso – zivilisatorisch hätte er allerdings keinen größeren Fehler begehen können.*
Herr Arthur hatte gedacht, sein getreuer Flügeladjutant Schwerenot sei Rohköstler, könne sich einigermaßen zusammennehmen und es beim fleischlosen Minnen: ‹*Ick bin kuorzer, mir wird banger, seh' ick dienen rôten anger*›, *bewenden lassen – ob diese Forderung Bestandteil des Arbeitsvertrages des Herrn Schwerenot ist, entzieht sich unserer Kenntnis – aber nein, es kam bei Hofe zu Unbotmäßigkeiten und Regelverstößen zuhauf, und herbe Enttäuschungen waren die unausweichliche Folge.*›

Soweit die Camouflage-Gazette. Es wurde uns nicht verläßlich überliefert, in welcher Form das entscheidende Gespräch zwischen Arthur, dem Stammtischpräsidenten, und Schwerenot, dem Unglücksraben, verlief.

---

[1] Gemäß offiziöser Berichterstattung der Ruprecht-Moloch-Burgpostille ‹The Camouflage Clouded Mirror›, eines wegen seiner Tatsachenverdrehungen schon damals in der Frühzeit der Nachrichtenmanipulation, als in diesem Bereich noch weit weniger Erfahrungen vorlagen als heutzutage, berüchtigten Revolverblattes – *wir wissen es ja inzwischen besser…*

Einschub
Mit Jane Alexa Coupar hat keiner der Herren geredet, die bekam von ihrem Göttergatten erstmal gepflegt ein paar saftige Maulschellen hinter die Löffel gepfeffert und einen einbruchsicheren Keuschheitsgürtel Marke ‹Cerberus› angeschmiedet, dessen Schlüssel Arthur persönlich bei Neumond den Fluten des Burggrabens übergab.
Bereits eine Woche später ließ er schon wieder nach ihm tauchen – aber vergeblich, denn der wertvolle Schlüssel klapperte schon lange unauffällig am Bund des feixenden Hofnarren...
Ende des Einschubs

> Trotz der Jahrhunderte, die inzwischen verstrichen sind, scheint jedoch die Vermutung nicht übermäßig abwegig, daß diese Unterhaltung kein Zuckerschlecken oder eine Kutschenfahrt für Schwerenot war und daß es dabei durchaus zu scharfkantigen Auseinandersetzungen gekommen sein könnte.

Der Showdown
Hof der Burg Camouflage. Es ist ein trübsinniger Novembermorgen, siebzehn Uhr dreizehn, die Sonne versinkt zischend im Meer und erlischt vollständig.
Herr Arthur hat diese Theatralik geschickt ausgenutzt und sein Wort in die namenlos schweigende Frühe gesprochen. Ein bedeutendes Wort, in dem er müßigerweise darauf hinwies, daß es erneut und ungebrochen usw. und schon wieder gälte und wie an jedem Tag, den man dem Herrgott zu stehlen gedächte, unablässig und -dingbar etc. zu beachten sei, Bewährtes hinzuzugewinnen, Neues zu erhalten und sich auf den Lorbeerblättern und Wacholderbeeren der Vergangenheit auszuruhen – falls diese nicht gerade in der entlegen schneebesenden und gedämpft pfeffermühlenden Burgküche für die Zubereitung von Sauerkraut benötigt würden!
Die mehr oder weniger ritterlich vorgehende Konkurrenz, die zu jeder Tages- und Nachtzeit ebenso fest schliefe wie man selbst, im geschlossenen Auge zu behalten und sich den längst vergessenen Herausforderungen der Vergangen-

heit unerschrocken und frohen Mutes nicht mehr zu stellen[1]:
«Positiv denken, meine Herren Ritter, denken wir doch bitte positiv.»

Die diensthabende Marketenderin kommt herbeigeflogen und bietet dem überzeugten Monarchisten, jedenfalls von sich selbst als Monarch, eine frischgezapfte Terrine belebender Maibowle an.
«Ein Glaserl gefällig, der Herr Regent?»
«Geben's her, Frau!»
«Sehr zum Segen, der Herr König», schenkt verschwenderisch ein aus irdener Kruke und reicht ihm das metallene Gemäß.
«Danke sehr, Frau Wirtin!»

Herr Arthur peitscht sich die grünlich schillernde Schimmelbeerenauslese mit einem kraftvollen ‹gulp› hinter sein speckiges Chemisette, wischt sich einen sperrigen Waldmeisterzweig vom Maul, verstummt gedankenvoll, läuft puterrot an, kämpft minutenlang mit seinem revoltierenden Magen und setzt sodann seinen hochfliegenden Gedanken mit einer solch exquisit gedrechselten Eloquenz nach, daß einem Demosthenes vor Neid das erblassende Messer in der Tasche aufgesprungen wäre.

---

[1] Kennerinnen der Materie werden feststellen, daß diese, ehemals der von Gott persönlich eingesetzten Obrigkeit vorbehaltenen Worte in unserem profanierten Jetzt, Hier und Heute sogar schon von Vorstandsvorsitzenden dahinsiechender Aktiengesellschaften oder von Trainern abstiegsbedrohter Männergesangvereine reibungslos nachgeplärrt werden können; dies ist der wirklich bedeutende Progreß der Menschheit. Im Sozialverhalten hat sich nichts Erwähnenswertes geändert, nur beim Etikettenschwindel sind wir vorwärts gekommen. Mit schöner Regelmäßigkeit fallen sowohl die lohnabhängig Beschäftigten als auch die WählerInnen darauf rein! ‹*Wir verschlanken unsere Strukturen*› heißt: ‹Wir schmeißen erstmal ganz leger 30 Prozent der Belegschaft achtkantig aus der Bude raus, diejenigen, die vorerst noch bleiben dürfen, machen zusätzlich zur eigenen die Arbeit der anderen, selbstverständlich bei unverändertem Gehalt› – ‹*Wir erhöhen die Sozialverantwortung unserer Bürgerinnen und Bürger*› bedeutet: ‹Wir schaffen die gesetzlichen Krankenkassen und die Altersvorsorge ab, jeder darf sich über Investmentfonds selbst versichern, womit garantiert wäre, daß sein Geld ohne größere Verzögerungen an die schon Besitzenden zurückfließen kann.›

Aber noch bevor ihn das Wort ergreift, weiß er kurzfristig nicht, wohin mit dem Humpen, den er gerade geleert hat. Das Ding hat keinen Platz auf seinem dreibeinig wackligen Stehpult – und damit während seiner erbaulichen Rede das Publikum fuchtelnd zu bedrohen schiene ihm wenig stilvoll.

Also: *ex und hopp,* landet es hinter der Tribüne, wo es geschickt von dem dort rund um die Stunde, 365 Uhren pro Tag, 24 Jahre lang stationierten Wertstoffwiederverwendungsmitarbeiter aufgefangen wird.
Mit einem unbeteiligten: «*Schon der sechste Schrottkelch, der in dieser Woche nicht an mir vorübergegangen ist, nimmt es denn nie ein Ende mit diesem Plunder?*» stopft er den Heiligen Gral – denn kein Geringerer als dieser ist es(!!), das lang gesuchte Becherchen, aus dem schon Jupp v. Arimathäa seinen ersten schweißtreibenden Lindenblütentee geschlürft hat, damals im Morgenland, als er diese fiebrige Erkältung in Dreiteufelsnamen nicht mehr loswurde – stopft ihn achtlos in seine Plastik-Ökoabfalltüte mit der Aufschrift ‹Konservendosen, Bierbüchsen, Patronenhülsen, Hülsenreißer, Hosenscheißer, Heilige Grale, Kaffernkrale usw.› und wirft ihn so mechanisch, als wär's bloß der Heilige Gral, auf seinen abzuwrackenden Schinderkarren, mit dem er zwei Tage später einem ultramodernen Fabrikgebäude zustrebt, an dessen Fassade in riesengroßer Neonschrift prangt: ‹*Cerberus – damit Sie Ihrer Frau wieder vertrauen können!*›

Dort liefert er der Vorschrift entsprechend seine wiederverwertbaren Rohstoffe ab gegen einen vergeblich himmelschreienden Judaslohn, von dem weder Frau noch Kind, aber sehr wohl er und die katholische Kirche, in Saus und Braus leben können.
In der Fabrik herrscht ein emsiges Treiben wie in einem Bienenhaus: Die von wortkargen Folterschergen übelwollend betreuten Leibeigenen, Kriegsgefangenen und ArbeitssklavInnen sind mit Begeisterung zwanzig Stunden pro Schicht damit beschäftigt, Artikel des alltäglich sinnlosen Bedarfs zu gießen, grob zu schmieden, mit Reibahlen zu bearbeiten und im Hochsicherheitsdreieck alles fein zu ziselieren – dort, wo es anatomisch am besten harmoniert – mit der Punze.

Aber all dies ahnt König Arthur nicht, der zum vorsichtshalber abgeschalteten Mikrophon greift und hineinschmettert:
«Das ist der Vorbote der Stunde. Und um ein Wichtiges soll wiederum gelten in guten wie in schlechten Tagen: ‹Und müßte ich gestern auf ein anderes Mal sterben, so würde ich übermorgen wiederum mein Fleischpflanzerl mit Speckkartoffelsalat und Löwensenf beim Sudlerwirt essen und dazu mit Leichtigkeit meine drei bis sechs Obstler abbinden›, das hat kein Minderer als ein ungewisser Herr Martin Luther König, einer unserer ersten Transformatoren, gesagt, als er seinen Tresen an die Wittenkirche in Schloßberg dübelte[1].»

In diesem dramatischen Moment schiebt sich ein penetrant stinkendes, hoch mit dampfendem Mist beladenes, unter seiner Last schwankendes Fuhrwerk, vor dem zwei abgestumpfte, fortpflanzungsunfähige bovine Huftiere schwer unter ihrem Joch gehen, zwischen den wieder einmal glänzend aufgelegten Festredner und das atemlos lauschende Publikum.

Oben auf dem Mistberg stehen zwei Tagelöhner, *in reality:* Spione ihrer Katholischen Majestät Isabella der Katholischen von Alt-Kastilien und Tarragona, gestützt auf ihre in den strohigen Exkrementen steckenden Forken.
Sie haben nicht bemerkt, daß sie störend wirken, denn einer sagt lauthals, das Knarren und Knacken des Gespannes übertönend und gedankenvoll auf den ganzen Mist ringsum deutend: *«Jeden Morgen dieselbe Scheiße, das halten auch nur Ochsen wie wir aus!»*

Gleichwohl liefert dies den einträchtig gedemütigten Stallburschen, den wahren Unterhunden des sozial ziemlich mittelmäßigen Mittelalters, das konspirativ vereinbarte Stichwort und den hoch willkommenen Vorwand, etwas unangenehm Folkloristisches zum besten zu geben:
Sie haken sich ein und bilden eine *chorus line* im Stil von sich drohend im Osten zusammenballenden Weichsel-Polackenchören, aber anstatt, wie jetzt zu erwarten gewe-

---

[1] Für die handwerklich versierte Leserin: 12er Spreizkippdübel – die hat noch *kein* Pfaffe je wieder losgepredigt!

sen wäre, einen schmissigen Krakowiak hinzulegen, daß
die Funken nur so von ihren Absätzen flögen, nein, nicht
dran zu denken, sie singen einen schwermütigen Choral aus
ihrer weit entfernten orientalischen Heimat Hinterzarten,
einen *cantus firmus*, der zum mindesten *ihnen* so zu Herzen
geht, daß es ihnen einen rechten Angstschweiß in die Stiefel treibt: «*Mandolinski, Draht kapuht – machen sich
Kamerad bloß immer: schrub, schrub, schrub.*»

Derweil ist die Mistkarre den Blicken der Burgbesatzung
entschwunden, Herr Arthur hat gerade noch Zeit, seinen
ehernen Flachmann, aus dem er sich, um seine angegriffenen Stimmbänder zu ölen, einen kräftigen Hieb ins Herrscher-Birnchen filtriert hat, flugs unter dem Rednerpult zu
verstecken, wobei ihm die Hälfte der pergamentenen
Manuskriptrollen zu Boden fällt, was der neben ihm stehende Narr kommentiert mit: «*Scheiße, sprach der Großherzog, als das Heer vorüberzog..., und die Herzogin
sprach leise: so 'ne Scheise!*»

Herrn Arthur entgeht die feine Nuanciertheit dieser originellen
Anmerkung, er räuspert sich hörbar, beugt sich indigniert zum
bunten Wurstel, dem er leicht angesäuert zusäuselt: «*Du Knullkopp hast wohl 'n Clown gefrühstückt? Wochenende gebont, mein
Bester!*»
Alsdann wendet er sich maliziös lächelnd an seine subaltern lauernde Belegschaft und posaunt verblüffend Bedeutungsgeschwängertes in diejenige Gegend, in der er seine machtlose Zuhörerschaft zuletzt schemenhaft sichtete:
«*In dieser Hinsicht können wir noch einiges vom Vietnamesen
lehren.
Glauben Sie mir das ruhig, meine Rerren Hitter.*»
‹*Das war itzo wohl der Sîte sechse statt dero Numero vîro, will es
mich dynkô*›, grinst sich die lustige Person eins.
«*Was ist er denn, der Vietnames'? Ein Kalb Moses'?
Weit gefehlt, der Vietnames' ist ein Schachtelhalm, meine Herren
Xankverein, ein Vietnames' ist kein Wachtelschwalm!
Ein Taifunsturm kommt dahergebrauset –
und was passiert nun?*

> *Der Schachtelqualm legt sich nieder, daneben legt's den Vietnames' herzhaft ab.*
> *Der Wind geht dahin und pfeift nicht mehr –*
> *und was passiert dann?*
> *Der Vietcong steht auf, die Qualmschachtel blîvt ligge am Bodde.*
> *Es könnte auch durchaus umgekehrt gewesen sein, liebe Trauergemeinde!»*

Donnernder Applaus von den Rängen bringt den wackeren Souverän, den unverhofft dichte Wolken erstickenden Tabaksqualmes einhüllen, welcher aus seiner Hose quillt, in die er, zerstreut wie immer, sein schmurgelndes Pfeifchen gesteckt hat, zum Schweigen – Gott sei's geklagt, nur sehr vorübergehend.

> *«Und was sind wir? Meine Armen Ritter? In unserer Gänze gesehen? Oder auch als Einzelpersonen oder in kleineren bis mittleren Gruppen? Von den größeren sprechen wir hier nicht!*
> *Machen wir uns doch bitte nichts vor, sehen wir nun erst vergleichsweise ungeschminkt den Fakten direkt ins Auge hinein: Wir rufen stolz von den Zacken unserer recht überschuldeten, mit Hypotheken statt Schindeln gedeckten Bösser und Schlurgen, äh: Schlosser und Bürgen bzw. unserer Behausungen, nach heraußen tun wir es rufen: ‹Ich bin nunmehr eine Eiche, eine Eiche sei ich wiederum!›»*

In dem Publikum, das insgesamt betrachtet nur über eine eher als durchschnittlich zu bezeichnende Intelligenz in ihrer Waagschale verfügen konnte – selbst die widerstandsfähigsten Damen und Herren der Burg Camouflage sollten schon sehr lange ins Gras gebissen und sich die schottischen Radieschen von unten angesehen haben, als sehr viel später ganz andere Leute den Stein der Weisen entdeckten, der dann aber im Handumdrehen wieder verlorenging – machte sich wegen dieser begrenzten mentalen Fähigkeiten eine leichte Unruhe bemerkbar, denn die kühnen Vergleiche und gewagten Exkursionen ins verwirrende Land der Metaphern, die ihr Dienstvorgesetzter spielend unternahm, überforderten unter ihnen die wenigsten nicht.

> *«Der Sturm kommt – es reißt uns volle Kartätsche die Beine unter dem Arsch weg – uns sehen Sie nie wieder.*
> *Meine Damen und Herren Rittersleut', das ist es doch, wo wir am Vietnames' können lernen.»*

> *«Ich jedenfalls denke unter allen Umständen positiv.*
> *Die schönen Tage von Aranjuez, sie sind dahin – traue nur der Bilanz, die du selbst frisiert, und dem Crash flow, den du eigenhändig in off shore-Waschmaschinen umgeleitet hast!*
> *In diesem Sinne:*
> *Zickezacke, zickezacke: hey, hey, hey!*
> *Hundehütte, Hundehütte: wau, wau, wau!»*

> Die Ritterschaft ist außerordentlich ergriffen, denkt: ‹Leck' uns doch am Ärmel mit deinem ewigen Gesülze!› und nimmt griesgrämig ihr gewohntes Tagwerk auf, das überwiegend aus sinnlosen Raufhändeln und Generalbesäufnissen in der Mannschaftskantine besteht.

Schwerenot verstohlen bei sich: ‹Stundenlanges blödes Geschwätz, das keine Sau interessiert! Der Simpel meiert mich nich' länger an!›, und er versucht, sich zu Jane Alexa Coupars Gemächern davonzustehlen, um ihr stolz zu zeigen, daß er besonders morgens seinen Mann steht, als ihm sein Lehnsherr – der mittlerweile in härenen, olivfarbenen Unterhosen umeinanderläuft, da es ihm wegen der nicht erlöschen wollenden Piepe die königlichen Beinkleider vollständig abgefackelt hat – wohlgezielt einen zünftigen Fußtritt ins verlängerte Rückgrat verabreicht: *«Haltet ein, Abtrünniger! Auf ein ritterliches Wort, wenn's belieben tut!»* und ihn beiseite nimmt.

Außer Hörweite der in der reinweg abwegigen Hoffnung auf ein 13. Monatsgehalt ebenso devot widerlich wie vergeblich zu Kreuze kriechenden Hofschranzen und des sonstigen vor ihm Kotau machenden Kroppzeugs auf der Burg Camouflage – *«Unsere Mitarbeiter sind unser wichtigstes Kapital»*[1] – nimmt Herr Arthur das

---

[1] Wenn er sich von GewerkschaftlerInnen unbelauscht fühlte und leutseliger Stimmung war, pflegte Herr Arthur seine geschätzten UntertanInnen ohne weiteres mit: *«Debile Verrecker – die schick' ich demnächst alle in Betonschuhen zu den Fischen, die Halbsinner, die!»* zu umschreiben.

Blatt von seinem Mund: «*Ick gehorta dat seggen, dat ick Töffel mir dumm und albern suche nach diese Salatschüssel, die sowieso noch nie einer gesehen hat, und dir Oberdrecksack fällt weiter nichts ein, als inzwischen meine Schnalle anzugraben!*»
Schwerenot versinkt, betroffen die Augen verdrehend, vor seinem Eigentümer bis zu den Hüften in Matsch und Kot des Camouflager Antreteplatzes, bereut größtmöglich, leistet Abbitte und erklärt sich sogar bereit, die Gelübde abzulegen, sollten dahingehende Wünsche des Burgherrn bestehen.

> Dies erbost Herrn Arthur so sehr, daß er am Ende des zweiten Satzes in sein gefürchtetes Stottern verfällt: «*Wahrscheinlich denkst du Sausack da an ein Nonnenkloster, was? Zwölfjährige Novizinnen mit knackigen Popochen popoppen, wie?! Du solltest mich lernen kennen, Bürschchen mein.*»
> Er greift zu seinem schaudererregenden Schlachtschwert, zieht es aus der Scheide und schiebt es langsam wieder hinein, wobei sein Gesicht einen gequälten Ausdruck annimmt, der sich umgehend in höhnisch-bösartige Entschlossenheit verwandelt, als Schwerenot – der sich inzwischen unter größter Mühe wieder aus dem Unrat und den Fäkalien seiner Umgebung, in denen er beinahe gänzlich abgesoffen wäre, aufgerappelt hat – mit seiner kurzen Schwertattrappe dasselbe zu machen versucht, jedoch die Scheide mehrfach kümmerlich winselnd verfehlt, da ihm die passende Technik für die befriedigende Insertion mangels Übung abgeht.

Der König mutiert, so schnell er nur kann, zum bestialischen Scheusal: «*Schwerenot, du bist mîn Wîb nymm, hebe Er sich hinfort von dieser stolzen Burg meiniger! Deine Papiere liegen seit gestern auf dem Lohnbüro! Fort mit dir, aus meinen Augen, Hundsnurscher, DU! Fort, fort!!*»
Arglistig einen Rückfall in frühere Jovialität vortäuschend, beginnt er unvermittelt zu lallen:
> «*Fährt der alte Lord fort,
> fährt er nur im fort FORD.*»

Schwerenot durchschaut diese abgefeimte, typisch royalistische Finte zur bewußten Irreführung der ausgebeuteten Arbeitsklasse zu spät, und, fälschlicherweise annehmend, es sei wieder Butter bei die Fische, hebt auch er an: «*Sprach der Scheich zum Emir:
> Zahln wa, oder gehn wir?
> Gehn wa lieber gleich!
> Sprach der Emir zum Scheich.*»

Schwerenot hebt sich entschlossen hinfort, kommt aber noch mal kurz zurück, fragt patzig: *«Und wat is' eijentlich los mit meine Überstunden? Die vergessen wa wohl wieder mal versehentlich? WA, Majestät!!?? Hauptsache bei dir stimmt die Kasse. WIE, König!!?? Du alten Schwiemelkopp, du!!»*

Dann zieht sich Arthur sein frisch gestärktes Kettenhemdchen rasselnd über den Kopf und nimmt auf diese ritterliche Weise Abschied von der verkommenen Welt, die zu seinem Leidwesen nicht mehr so verkommen ist wie die seine, so daß er es vorzieht, sie nicht mehr zur Kenntnis zu nehmen.

Daraufhin bricht auf der Burg ein allgemeines Chaos aus[1]: Weiber in qualitativ unterschiedlichster Ausführung laufen hysterisch kreischend durcheinander, *eine* superb betrunkene *Abteilung der Ritterschaft* drischt noch deftiger als zuvor aufeinander ein, angefeuert von einer Gruppe barbusiger Arkebusierinnen, die rhythmisch Helmbusche schwenken, auf und ab mopsen und dabei fröhlich krähend cheer-leaden: *«Haut se, haut se, immer aufde Schnaut se!»*, während *die andere*, die eher pragmatische, zwar auch nicht mehr ganz nüchterne, aber immerhin mit beiden gepanzerten Tibiae (deutsch: Schienbeinen) schwankend sich im Leben notdürftig behauptende *Sektion der kühnen Krieger* die Vorratslager plündert, Bierfässer davonrollt, Weinschläuche fortschleppt, dabei trotzdem

---

[1] Dies war des Endes Anfang: Und noch bevor die ersten Wikinger in ihren schnuckeligen, majestätisch von den Hängen der Anden herniedergleitenden Drachenseglern bei Tours und Poitiers auf den ‹Kaldaunischen Feldern› unter Karl ‹V.S.O.P.› Martells gnadenlosen, alles plattmachenden Niethammer gekommen waren, da bereits war die einst so stolze Burg Camouflage über den Deister gegangen – und zwar mit Pauken und Trompeten! Um das Maß dann endgültig vollzumachen, wurde durch einen banalen Transkriptionsfehler des Kartäusermönchs William ‹Chartreuse grün› von Oranienburg aus ‹Hammer, Karel› irrigerweise ‹Der Dampfhammer von Kattowitz›; ein fataler Lapsus, der Napoleons 6. Armee inkorrekterweise nach Moskau marschieren ließ, während ein nicht mehr so ganz vom Endsieg überzeugter General Paul ‹Schropphobel› Paulaner in Stalingrad ungeduldig mit den Vorderhufen scharrte und brabbelte: *«Zapperlot, wo bleiben sie denn heute nur? Ihnen wird hoffentlich unterwegs nichts passiert sein, den Herren neapolitanischen Kürassieren des Herrn Korsa, wir hatten doch gesagt, seit fünf Uhr fünfundvierzig wird jetzt allseits zurückgeschossen! Man scheint mich wieder mal nicht für voll zu nehmen!»*

nicht vergessend, wahllos Dienstmägde am Busen und im Schritt abzugreifen:
- von rachitisch verfallenen, kaum ertastbaren Brüstchen, über vortrefflich feste, sich stolz wölbende, wunderbar in der Hand liegende, ideale Elastizität und genau den richtigen Widerstand bietende Bilderbuch-Titten mit Brustwarzen groß wie 5-Markstücke – *die Umrechnung in € können Sie gefälligst selbst vornehmen* – und Himbeeren, die nach feuchtwarmen, saugend fordernden Zungenküssen begierig aufkeimen, bis zu amorphen, wabbligen Milchgebirgslandschaften mit zulpigen Mündungen, deren Berührung wenig Freude macht, ja sogar eine beträchtliche Überwindung erfordert;
- und unter bereitwilligst gehobenen (bis widerstandsüberwindend zu hebenden) Röcken dort zu befingern, wo die persönlichen Angelegenheiten haarig und die Dinge kitzlig werden;
- oder, und dies widerspricht allerdings ganz entschieden selbst den allerletzten spärlichen Resten von Ritterlichkeit, die zerstreut im Hof herumliegen: im Vorbeilaufen die Jüngeren der Bediensteten in meisterhaft sodomistischer Manier zu bespringen;
- *und noch übler gar:* osteoporotisch gebückt daherschlurfende, vergeblich und unterschiedlich laut um ‹*Erbarmen, bei der Liebe Jesu und aller Heiligen!*› flehende Hebammen werden flachgelegt und so erschöpfend geschändet, wie das in der allgemeinen Aufbruchstimmung und bei der vorherrschenden Trockenheit auf Biegen und Brechen möglich ist;
- verhärmte Kammerzofen bohnert man in äußerst nachlässiger, eben typisch männlicher Weise so beiläufig und lieblos, daß sie, die frustrierten Kammerzofen, nach der Begattung noch verhärmter aussehen als vorher, was einiges heißen will, denn die Kammerzofen hatten bereits Extremwerte in der nach oben offenen Verhärmungsskala erzielt, bevor sie auf die soeben beschriebene Weise im Burghof gepudert wurden – ohne jegliche Gewähr für eine dem Stand der Technik entsprechend vollstreckte Schwängerung.
- Und die scheußlichste aller Szenen haben wir uns wohlweislich für den Schluß aufgespart. Sie ist von einer derart erhabenen Gräßlichkeit, daß sie unbedingt in allen Einzelheiten beschrieben werden muß, obwohl sich dabei des Chronisten Gänsekiel verbiegt und die Tinte im Computer ausflockt; dennoch, um der Wahrheit die Ehre zu geben, darf uns kein Preis zu hoch sein!

Und außerdem, die plündernden Ritter, sie raffen zusammen der widerstrebenden Schweinehunde, Bastarde, Quastenflosser, Kormorane, Thymiane, Kaiserpinguine, Ameisenbären, Riesenpandas, Stachelrochen, Sibirischen Winkelzahnmolche und Archaeopterixe greifbare, schnell wie der Blitze krachende Fahrt, klemmen sich also dies strampelnd-kratzend-beißende Getier unter die Arme, die gierigen, und dann, und wahrlich nicht zuletzt, schafft man noch so viele Wertgegenstände wie in der Eile nur irgend möglich beiseite, *ruckizucki* nimmt ein man eine Paradeaufstellung, der von Lemmingen zum Verwechseln ähnelnd, und purzeln mucksmäuschenstill und in beispielhafter Marschordnung über die Klippen der Kamikaze-Recken sonder Zahl – und nehmen mit sich der vergeblich widerstehenden Tiere, ängstlich gemischt ihre Schar, dem Tode geweiht.
Alle!
In den darob mißbilligend gähnenden Abgrund.
Im Sturze in den wäßrigen Hades, den dunklen, woget auf ein Lied aus vieltausenden ihrer schroffen Kehlen: «*Brett vorm Kopf, Klavier vorm Bauch: Wie lang ist die Chaussee – hollderhee...*»
Die Klippen, die rauhen, an denen sie vorbeihasten im Fall, dem tiefen, nehmen auf den Refrain, formend ein herziges Echo:
«*Ohjee...*»

> Rechts der Bildmitte – *noch etwas weiter rechts bitte, ja, genau da* – erscheint urplötzlich aus den Nebeln der Vorzeit eine großartige Einsatzformation der von langer Hand hinter die Burg, auf den ‹Archipel ohne die geringste Hoffnung auf irgendeine Art von Wiederkehr: Das könnt Ihr Euch abschminken, Freunde!› Verbannten und seit anno Tobak übel beleumundeten und derbe bevormundeten Heringsbändiger, unterstützt von einer internationalen Solidaritätsabordnung des VEB ‹Notopfer Berlin›, die mit der AK-47-bewaffneten Betriebskampfgruppe ‹Walter Ulbricht› und dem Schalmeienzug ‹Roter Wedding› vollzählig angetreten ist.
> Sie bilden ansatzlos eine realsozialistische Menschentraube, lösen sich zu einer ihrem Ende entgegengehenden Todesspirale auf – einwärts, seitwärts, hochkant – und stürzen sich dito in die Tiefe. Noch viele Tage hallt ihr: «*Fällt die Trommel, rührt die Bajonette, vorwärts marsch, der Sieg ist unser Lohn – mit uns ziehen Kameraden ohnegleichen...*» anklagend und wehmütig durch die nicht mehr vorhandenen Hallen der Burg Camouflage.

> Im Hintergrund sieht man noch ganz kurz die unsterbliche Liebesgöttin meines Herzens, die heißeste Braut, die jemals diesen Erdkreis durchwanderte – und alle Geschöpfe warfen sich ihr zu Füßen und beteten sie an!!
> *Ladies and Gentlemen, please welcome and give a big hand for:* Her Divine Majesty, Queen Jane Alexa Coupar in all her charming splendour and amazing grace – Erotik pur –, splitterfasernackt und hinreißend sexy vor ihrem Spiegel, stolz ihre mit den zauberhaftesten dunklen Sternen gekrönten Brüste – schönere sah ich nie!! – selbstvergessen streichelnd und ihres rot gelockten Warndreiecks mit den glitzernden Tautröpfchen mittendrin nicht vergessend, diesem mit emsigen Fingerchen die alles entscheidende Frage stellend: «*Kann denn Liebe Sünde sein – oh my God, why am I always getting so soaking wet when I think of you? I'm dying for you, my Darling, please, please, come again!!*»

Sowohl ihre primären Sexualattribute, die man zu meinem Bedauern vom Parkett aus ohne Feldstecher nicht sehr scharf erkennen kann – was nicht zuletzt dadurch verursacht wird, daß ihre Beine ungewohnt eng beieinander stehen – als auch ihre formvollendete Sekundärweiblichkeit, die etwas besser nach vorn tritt, verweigern ohne vorherige Konsultation ihrer Anwälte jegliche Auskunft.

> Schwerenot ward fast nie mehr gesehen, nur einmal noch auf den Äußersten Hebriden, wo er vergeblich versuchte, den dort auf Reede versunken um die Wette ankernden Aalquappenfischern ‹Fisherman's Friend› und norwegische Handcreme anzudrehen. Das war kurz bevor er von einer Harpune durchbohrt wurde – abgefeuert von einem normalerweise nur bedingt feurigen sizilianischen Ehemann, einem auf Teilzeitbasis auf den Lofoten für das ‹Minenräumkommando Nordbayern[1]› dienenden, schwerst terpentinabhängigen Panzergrenadier zur See – als er, der Schwerenot, ebenso verbissen wie unfruchtbar versucht hatte, die Ehefrau des besagten Süditalieners gerade noch

---

[1] Einem Detachement der Rottach-Egerner Hinterlader, befehligt von Sepp ‹hoast mi?› Hinternhuber, *by the way.*

rechtzeitig zu deren silberner Hochzeit zu deflorieren[1], was im Harpunenhagel leider fehlschlug.

Herr Arthur gab sich von Minut' an dem durchaus und in jeder Hinsicht sinnlosen Wirkungstrinken hin, starb vier erbärmliche Jahre später elendiglich an rezidivierender Leberzirrhose in Personalunion mit einem irreversiblen Korsakow-Syndrom, ohne jemals das Bewußtsein wiedererlangt zu haben, und ich, der ich einst Hofzwerg auf Camouflage war, ich warte immer noch darauf, daß Jane Alexa Coupar mir solche Fragen nach Liebe und Sünde stellt, statt ihren Spiegel damit zu nerven.
Was weiß ein selbstverliebter Spiegel überhaupt vom Leben?
Das *vor* ihm, nicht *in* ihm – und schon gar nicht *durch ihn* – stattfindet?

Der Schlüssel zu ihren königlichen Lenden liegt übrigens immer noch in einem Geheimfach – bei mir altem Toren. Nur zu gern würde ich wissen, wo das Schloß und der rote Schoß dahinter geblieben sind. Fünf Jahre meines Lebens gäbe ich unbesehen dafür hin.
Was sind denn schon fünf vertändelte Narrenjahre gegen das Paradies, oh Jane Alexa Coupar, my sweet Rose of Kilmarnock?

---

[1] Dieser leidigen Angelegenheit ist eine tragische Dimension insofern nicht ganz abzusprechen, als der stark kurzsichtige sizilianische Ehemann den sich auf seiner, des Sizilianers Ehefrau redlich abmühenden Schwerenot mit dem Apostolischen Nuntius Baffile verwechselt hatte, der eigens aus dem Vatikan zur Silberhochzeit anreisen sollte, dessen Schaluppen-Geschwader aber bedauerlicherweise auf der Höhe von Trafalgar in ein achtbar brisantes Minenfeld gelaufen war, welches vom Minus-16-Dioptrin-Silberbräutigam in ungeduldiger Erwartung der Hochzeitsnacht, die er eng umschlungen mit dem Nuntius feierlich zu verbringen gedacht hatte, übersehen und mitnichten geräumt worden war. Ein weiterer Teilnehmer dieses maritimen Himmelfahrtskommandos war übrigens der bewährte Schlagmann Monsignore Kneppen, jäh in der Blüte seiner Senilität hinweggerafft durch einen fulminanten Torpedovolltreffer, zynisch gackernd in die Wasserwege geleitet vom diabolisch submarinen Gegenpapst Nautilus I. Auch dieses ist bei Herrn Schwerenot im ‹Soll› zu buchen – *auch dieses!*

Aber eines ist gewiß, Jane Alexa Coupar und ihre Liebe zu mir sind niemals erloschen, sie haben die Vernichtung der Burg überlebt, und mit ihrer Schwester vom See hat meine Königin durch die Jahrhunderte hindurch geduldig auf mich gewartet.

Und eines Tages werde ich mich wieder aufmachen in das Schottische Hochland, um mit meiner Jane Alexa Coupar blutige Hochzeit zu feiern.

Und mit unserer Vereinigung wird Camouflage in alter Pracht gewaltig wiederaufstehen, um zu herrschen bis an den Beginn der Ewigkeit!

Wo stehen wir heute bei der sexuellen Befreiung der deutschen Frau – *wirklich?*

«Wofür hält sich dieser Heini denn?»
Bilden Sie sich bloß nicht ein, germanische Frau, ich hätte diese despektierliche Bemerkung Ihrerseits nicht gehört!
Wenn das schon hier oben in *dem* Ton losgeht, dann würde ich Ihnen empfehlen, sich gleich mal schön warm anzuziehen, because: ‹*You ain't seen nothing, yet!*›, um mit Bachmann, Turner Overdrive in den Ring zu steigen (wenn wir jetzt auch noch etwas Englisch könnten: *that would be nice, wouldn't it, my Darling?*).
Wie oft ich das schon gehört habe, das mit dem ‹Heini›, ist allerdings nicht Gegenstand der folgenden tiefschürfenden Betrachtungen, die dem Entwicklungsstand Ihrer unterhalb des Nabels angesiedelten und mit Ihrem Gehirn fabelhaft kybernetisch[1] vernetzten Fähigkeiten und Befindlichkeiten gewidmet sind.

Wo Ihre *Psyche* lokalisiert sein könnte und wie die grundsätzlich auszusehen habe, das, meine Gnädigste, hat bis jetzt noch niemand herausgefunden, nicht einmal ich, der ich die besten Jahre meiner irdischen Existenz daran verwirkt habe.
Selbstredend weiß ich auch, daß Sie eine integrale und vielleicht sogar integre Persönlichkeit sind und sich dergleichen sektorielle Simplifizierungen und sexistisch eindimensionale Modelle, die bekanntlich darauf beruhen, daß Männer besser sehen als denken können – vom Fühlen nicht zu reden –, vehement und sehr zu Recht verbitten.

Aber bitte, ganz so kinderleicht wie frau annimmt, ist das alles nun auch wieder nicht, denn schließlich habe auch ich mir in meinem

---

[1] Das heißt, sobald unten Bemerkenswertes beginnt, wird das nach oben in die Kommandozentrale übermittelt, die resignierend rückmeldet: ‹Macht doch, was ihr wollt.› Unten gibt man sich hochgestimmter Sittenlosigkeit hin, bis von oben der sich entladende Befehl kommt: ‹*Es reicht jetzt!*› Danach ist wieder Ruhe im Boot, bis der Kreislauf neu gestartet wird.

mittlerweile ein halbes Jahrhundert bedeutungsvoll umspannenden Leben auch schon so einiges verboten!

Ohne viel Erfolg; frau hielt es oft genug für angemessen, mich wie den ‹kleinen Mann auf der Straße› zu ignorieren, zu drangsalieren, zu schikanieren, zu boykottieren, zu insultieren oder, wenn mal gelegentlich meine Männlichkeit zur Sprache kam, was für meine Begriffe entschieden (engl.: *by far*) zu selten geschah, dann hieß es bestenfalls: «*Du hast wohl einen kleinen Mann im Ohr!*» – hieß es immer!

> Zum mindesten hätte ich erwartet, daß ich als «*Oh Prometheus, oh du ins Leben Geworfener – daran viel Leidender und unendlich Geborstener*[2]» im öffentlich entrechteten Fernsehen hätte auftreten und im Rahmen einer Betroffenheits-Sprechschau hätte sprechen können; endlich einmal den Chips zermalmenden Zuschauerinnen – *die Männer befinden sich während solcher epochalen Übertragungen sowieso nie im heimischen Wohnzimmer, sondern sind entweder im Keller dabei, ihre Bierflaschenkronenkorksammlung zu polieren und Stück für Stück unter Glas zu rahmen oder liegen bewußtlos unter Wirtshaustischen oder ölverschmiert unter ihrem Auto, um dessen verborgenste Teile liebevoll mit Intimspray zu behandeln* – meine Anklage so filigran moduliert hätte entgegenbrüllen dürfen, daß Sie Knall auf Fall mit Ihrem Quelle-Notmobiliar vor Ihrer fast abgezahlten Neckermann-Glotze zusammengebrochen wären.

Nun, Sie haben es bemerkt, da lief nichts, fernsehmäßig: Man hielt es offenbar nicht für opportun, mir ein angemessenes Forum zu schaffen. Dies wird sich eines Tages bitter rächen!

Aber dann komme man mir nur nicht und jammere: «*Wenn wir doch damals auf dich gehört hätten, oh HERR, der Apokalypse wären wir entgangen!*»

Wie gesagt, so komme man mir dann nur nicht angekrochen: «*Denn es wird sein Heulen und Zähneklappern, wenn der Welpenrichter das Hündische im Menschen...*[3]»

---

[2] Dies hat wohlgemerkt nichts mit Borstentieren zu tun!
[3] Wenn Sie den Rest dieser Rede der letzten Tage hören wollen, kommen Sie am 24. Dezember um Mitternacht ins Straßburger Münster, dort führe ich alles weiter aus; nur Sie und ich, ich stelle mir das fesselnd vor!

Somit erlaube ich mir und halte es für Recht und Gesetz, daß ich mit Ihnen auch nicht gerade zimperlich umspringen werde, wenn wir jetzt gemeinsam an die von mir eigens für Sie, die deutsche Frau, eingemachten Leviten gehen!

>Und eines vorab zu den exklusiv von mir festzulegenden Spielregeln, nicht daß Sie hinterher sagen: *«Das habe ich aber nicht gewußt!»* – Nichts hasse ich mehr, als unterbrochen zu werden! Lesen Sie also gefälligst Abschnitt für Abschnitt und springen Sie nicht ständig zwischendurch auf und holen sich neue Kekse aus dem Küchenschrank.

Zehn Minuten werden Sie das ja hoffentlich ausnahmsweise mal aushalten, ohne sich ständig stapelweise Bahlsens Butterkekse hinter die Kiemen schieben zu müssen!
Und wenn Sie das Zeug unbedingt weiter mampfen müssen, weil Sie sonst Entzugserscheinungen kriegen, dann schroten Sie bitte nicht so laut, sonst bekommen meine wohlgesetzten Buchstaben den Schock ihres Lebens.

*

>«Ich bin doch kein Sexualobjekt!»
>Werden Sie jetzt protestierend vorbringen, wie ich Sie einschätze. Das allerdings haben schon ganz andere Frauen zu mir gesagt, Frauen waren das, sage ich Ihnen, Sie machen sich keinerlei Begriff, was bei denen im Bett und davor los war: der helle Wahn. Manche waren sogar regelrechte Sexual*subjekte* – schwarz lederglänzende Nomina, die ohne gefügige Attribute ihren ‹raison d'être› sofort verloren hätten.
>Nicht nur syntaktisch, was zu verschmerzen wäre, sondern auch flagellantisch.
>Um dieser entsetzlich quälenden Vision zu entgehen, brachten sie also schlagartig diejenigen Leideformen zur Räson, die dem zum Dienen geborenen Tu-es-endlich-Wort ‹müssen› hörig waren.

Weiterhin sind Sie vermutlich der Meinung – selbstverständlich unter wohlwollender Hinnahme des Phänomens, daß gewisse SM-Tendenzen hier und da im Gesellschaftsleben auftreten können, ohne daß Sie sich selbst zu denselben hingezogen fühlen müßten[1], geschweige denn, daß Sie so etwas praktizieren würden, jedenfalls nicht in der Öffentlichkeit – der Meinung sind Sie vermutlich weiterhin, daß sexuell befreiter als Sie es sind, frau ja wahrhaftig nicht sein kann!

Hoffentlich erleben Sie nicht prompt Ihr *Waterproof*, wenn Ihnen von jemandem klar vor Augen geführt wird, wie das alles jenseits von Emma Schwarzer, ‹Brigitte› und der ‹Neuen Revue›, die Sie immer aufmerksam bei Ihrer Friseuse durcharbeiten, aussieht; nämlich von jemandem, der rein zufällig von einem deutschen Weibe ausgetragen und geboren wurde, was damals, als ich ein richtig possierlicher Embryo war, noch ganz unvermeidlich war, da Reagenzgläser exklusiv von Chemikerinnen und nicht von Biologinnen benutzt wurden.
Ich bin mir unschlüssig, ob ich lieber in der sterilen Umgebung eines Erlenmeierkolbens groß geworden wäre.

Also von jemandem erhalten Sie jetzt Aufklärung, der lebenslang an einem ihn pausenlos niederdrückenden, ihn einer permanenten Melancholie ans Messer geliefert habenden Geburtstrauma zu tragen hat, das er im Endeffekt Ihrer tunnelartig dunklen Anatomie zu verdanken hat, als Sie verfügten, daß meine so überaus sorgenfreie intrauterine Existenz ein Ende haben sollte!

«Das verzeihe ich der deutschen Frau nie!!»
Seit dieser hundsgemeinen Vertreibung aus meinem Paradies bin ich fast geneigt, ihre so anheimelnde feminine Basisausstattung mit einem politisch inkorrekten: *«Sie mit Ihrem komischen Sexualapparat»* zu belegen – statt mich daran zu erfreuen, was kontinuierlich neue, emotional undurchschaubare Verwicklungen der beeindruckendsten Art heraufbeschwört.

---

[1] Denken Sie doch jetzt mal an Ihren Chef, den Penner, der Sie laufend mobbt und Ihnen an ihren aufreizenden Vorbau grapscht – na? Immer noch keine Lust? Bei mir brauchen Sie nicht den Unschuldsengel zu spielen, mein Engel, bei mir doch nicht.

Wo wir gerade untadelige deutsche Formulierungen am Wickel haben: Was sagen wohl die folgenden Sätze über Mentalitäten aus?
– *«Die regelmäßige eheliche Beiwohnung ist dem Ehemann widerstandslos zu gestatten.»* Wobei die lutherisch protestantisch-protestierend gegen Rom geschleuderte Kadenz von ‹der Woche zwier› bereits als voll inmitten der lasterhaften ‹voluptas› befindlich anzusehen ist: *CAUTION, YOU ARE NOW ENTERING DANGER ZONE!* Einmal pro Monat, wie es den römischen Zombies vorschwebt, langt auch: *«Nehmse sich mal zusammen, Mann! Hamse etwa nich' jedient, WA!!!???»*
– «Faire l'amour.»

She's got it! Genau das ist der Unterschied – La France und seine lieblichen Geschöpfe sind kokett und spielerisch, sie haben verschwenderische Lebensfreude und esprit, in Deutschland ist ein Formular mit dokumentenechtem Kugelschreiber in Blockschrift auszufüllen und fristgerecht einzureichen:
«Antrag auf Gewährung des regulären heterosexuellen Geschlechtsverkehrs, der in der Regel in der Form zu vollziehen ist, daß eine Vereinigung der gegengeschlechtlichen Reproduktionsorgane anzustreben ist.»
«Anzustreben ist!!» – da haben wir's doch: Es klappt längst nicht immer!

Nun spielen Sie mir mal nicht gleich wieder die beleidigte Yachtwurst und hören Sie gefälligst auf, die Zimperliche zu geben – Sie tun sich damit keinen Gefallen, und sowas zieht bei mir seit mehreren Minuten nicht mehr.

Ich meine natürlich nicht Sie ganz persönlich, denn schließlich kenne ich Sie, Ihre individuelle Anatomie und Ihre erotischen Vorlieben ja noch nicht (hier noch mal zur Erinnerung: e-mail@dres.se), obwohl ich sie mir vorstellen kann.
Ich meine vielmehr die deutsche Frau in ihrer biologisch-technischen Gesamt-Konstruiertheit, eben diese staunenswert unübersichtliche Kombination von Anatomie, Geist, Psyche, Charme (in wechselnden Anteilen), Verletzlichkeit, Humor, Intelligenz, push-up bra, also, um es zusammenzufassen, damit Sie nicht schon hier den Überblick verlieren – ‹Tanga› habe ich oben vergessen, hinter der Ihre flotte Brüstung mit Nachdruck unterstreichenden Hebebrückenkonstruktion fügen Sie bitte noch ‹Tanga, rote Seide, transparent› ein! – *wir sprechen hier von der deutschen Frau als solcher!!*

Und wenn jemand weiß – ich kenne keinen –, worum es bei der sexuellen Befreiung des deutschen Mädels, der deutschen Frau, der deutschen Mutter, der deutschen Nebenbuhlerin sowie der deutschen Ehe-Zugehfrau als solcher gehen könnte, hätte sie zwischen den zahllosen Tätigkeiten in Haus und Garten mal Zeit für Sex, und wie weit das alles gehen müßte, damit es faszinierend würde, *dann bin das sicherlich nicht ich!*

Aber Sie auch nicht – soviel selbstkritische Einsicht sollten Sie aufzubringen bereit sein, anderenfalls wird folgende, analytisch-synthetisch-pragmatisch-distanziert daherstolzierende Betrachtung bei Ihnen auf wenig Empfängnisbereitschaft treffen.

Sie betrachten sich beim sexuellen Befreitsein, in erotischer Selbstbestimmung, sogar als weltweit führend, auch in dieser Disziplin eine Deutschland gebührende leitkulturelle Führungsstellung einnehmend?
Nebst der ohnehin vom einig Vaterland okkupierten Paradedisziplin: *der Disziplin* – die allerdings weitgehend von Ihren Männern für sich beansprucht wird und die sich stets dann besonders schlagend zeigt, wenn sich die Herren der Schöpfung farbenfrohe Gewänder anlegen, sich überreichlich mit billigem Büchsenbier eindecken und, fröhlich eingedoste Preßluft ins Signalhorn stoßend und hundsgewöhnliches altdeutsches Liedgut absingend, zum Fußballplatz ziehen, um ein bißchen Randale zu machen und die Blindgänger von gegnerischen Schlachtenbummlern kräftig aufzumischen?

Fast alles über Thema 1 haben Sie gelesen, in aller öffentlichen Offenheit mit Ihren Freundinnen darüber diskutiert, was Sie belastet?
Und trotzdem bleiben Ihnen die Männer ewig unbekannte Wesen?
Daß uns das mit Ihnen und Ihresgleichen genauso geht, hilft Ihnen wenig?
Dabei ist die Lösung denkbar eingängig, wenn wir uns darüber klar werden, wo die Sprung- bzw. Triebfedern Ihrer zielgehemmten Instinkte begraben liegen.
Blättern Sie mal ganz zurück an den Anfang dieses Buches.

Ganz an den Anfang sagte ich soeben! Also, noch mal zurück!!!

She's got it again! Die Zivilisation hat alles versiebt, und da braucht sich frau nicht zu verwundern, daß im Bett so viel Dilettantisches gegeigt wird!
‹Man› sollte sich darüber auch Gedanken machen, tut's aber nicht: Erotik ist ‹soft›, also Ihr Bereich, Männer sind ‹tough›, mit Gefühlen können sie nichts anfangen, das wäre ‹weibisch› und würde ihnen nur Blößen geben.
Solange Sie dem ‹Herrn im Haus› seine in der Backröhre bei 38° Celsius Unterhitze fachgerecht vorgewärmten Filzpantoffeln, die von Ihnen frisch aufgebügelte Zeitung und den gemäß Deutschem Reinheitsgebot fehlerlos von Ihnen aufgeschäumten Gerstensaft schweigend zureichen – «*Ruhe hier! Wie oft soll ich dir eigentlich noch zeigen, wie man ein Pils richtig einschenkt?*» – besteht seinerseits kein Diskussionsbedarf, da könne er ja genausogut in eine von diesen lauwarmen Jammer- und Selbstbemitleidungsgruppen gehen!

> Wenn wir also ‹back to the roots› gingen, das Übel beherzt an der Wurzel packten[1] – oder Sie als ersten Schritt in ein befreites Leben Ihren Alten an die frische Luft setzten –, dann sollte es doch mit dem Antichristen zugehen, wenn da nicht ein für allemal Remedur zu schaffen wäre, damit die Dinge nicht auf ewig weiter danebengingen!

Und dafür sind Sie – eine Frau wie aus dem Bilderbuch, meine absolute Traumfrau, das wollte ich Ihnen schon lange mal sagen, aber meistens saß ja Ihr Göttergatte zwischen uns und wollte Händchen mit mir halten – gerade die Rechte: «*Arm in Arm mit dir, so fordr' ich mein Jahrhundert in die Schranken!*»
Damit das alles nicht so ‹dröge› wird, wie mein lieber Freund, der Holsteiner, zu sagen pflegt, nun, dafür bin nun wiederum *ich* gerade der Rechte!

*

---

[1] Behalten Sie bitte noch einen Moment Ihre Hand bei Ihnen drüben, wir sind erst beim *theoretischen* Teil.

«Es ist irgendwo dort draußen im Dschungel – und es ist hungrig...»
‹Ist meine Sexualität komplett meiner Art genetisch vorgegeben, inklusive aller ausgeprägten Unarten, womit Änderungsversuchen enge Grenzen gesetzt wären, oder *lernte* ich das mir eigentümlich erscheinende, unheilschwangere Sexualverhalten gezielt in zaghaften bis kühnen Selbst- und risikoreichen Partnersuch-Versuchen?›

Ich hatte befürchtet, daß Sie diese Frage irgendwann an mich richten würden, habe es kommen sehen; das ist das ewig Deutsche in Ihnen, das sie so etwas fragen läßt!
Bei deutschen Männern nennt man es das Faustische – *Heinrich, mir graut vor dir!* –, den tief im Germanen verwurzelten Drang, seiner schicksalhaften Bedeutung eisern grübelnd nachzuspüren.

Denn er hält sich für ein Unikat; im Gegensatz zum Ausländer, diesem Unikum, das nach wie vor und sowieso am besten in seinem desolat organisierten Ausland aufgehoben ist, in dem nichts wirklich reibungslos funktioniert, alle Wasserhähne tropfen, das Essen mit Knoblauch und tranigem Olivenöl vorsätzlich ungenießbar gemacht wird, aus schmuddligen Hotelzimmern Gepäck spurlos verschwindet, deutsche Autos zwecks fachgerechter Komplettentnahme der Radios, Navigationssysteme, Kameras und Kreditkarten aufgebrochen werden sowie die deutsche Frau nachts stundenlang allein auf der Straße rauchen kann, *ohne jemals* von dort herumstreunenden, sexhungrigen Ausländern angesprochen zu werden.

Da diese zu dritt bis maximal viert in der Taverna oder Bodega sitzen, eine Germanisierung der südlichen Trinksitten durch den Einsatz von Herrengedecken in Form von Becks-Bier mit lauwarmen Trester-Rauhbränden im Verhältnis 1:1 durchführen, und deren Unterhaltungen nicht wesentlich über *«achtzehn, zwanzig, zwo, null, vier, weg!»* hinaus zu gedeihen vermögen.

Wenn deutsche Männer Faustisches fragen, das heißt, wenn sie es überhaupt mal über sich bringen, etwas zu fragen – für sie ist von der Vorsehung eher Denken als Reden angeordnet worden –, hat der Deutschen Sprache keinen entsprechenden Ausdruck im Lexikon, und das ‹Gretische› im deutschen Weibe harrte noch seiner philosophischen Entdeckung, männlichen Betreuung und literarischen Ausbeutung – bis jetzt.

In Hinblick auf die national differierenden Denkintensitäten neu durchdacht, um den Bogen über die nationalen Grenzen hinaus, dem Erbfeind entgegen zu spannen, stellt Auguste Rodins Skulptur ‹Der Denker› mit großer Wahrscheinlichkeit *den Deutschen* dar, ich bin eigentlich davon überzeugt[1].

Der Franzose denkt irgendwie anders, oberflächlicher, meistens ans Essen und Trinken[2]. Oder er (re)cherchiert la femme, wobei mentale Energieaufwendungen eher fatal wären.

«Jetzt sind wir Männer dran!»
Frauen fragen schlechthin jetzt schon viel zu viel, auch ohne das ‹Gretische› in ihnen zu offenbaren; und ständig das Falsche; beispielsweise in der Art: *«Was??? Ein neues Auto willst du kaufen? Unsere alte Mühle haben wir doch gerade erst 26 Jahre, und du weisst, was so eine Karre kostet! Mit mir läuft das nicht!!!»*

Deshalb werden wir im Folgenden, in Umkehrung des in Deutschland eingeschliffenen Frage/Antwort-Musters, einige ‹Heinrich-Fragen› an die deutsche Frau stellen!

Unheilvolle deutsche Sinnsucherei – welch polymorph perverse Folgen sie schon gezeitigt hat, und nicht selten mündete sie in katastrophalen Fehlentwicklungen.
Nehmen wir ein willkürlich herausgepicktes, aber besonders abschreckendes Beispiel aus der Musikgeschichte.
Nehmen wir denjenigen Komponisten, dessen komplette Werke auch heute noch in der wohlsortierten CD-Sammlung eines jeden ordentlich abgerichteten Deutschen Schäferhundes nicht fehlen dürfen.

---

[1] Daß das Original einen französischen Titel trägt, ist für unsere Betrachtung unerheblich.

[2] Wenn der Kamerad aber wirklich ein Franzose sein sollte, geht ihm vermutlich folgende Sequenz durch den Kopf: *«Was trinken wir denn bloß, mon dieu, wenn der Beaujolais primeur nicht premier, sondern dernier geliefert wird?»*

Wagners Ritchie – und sein dräuendes Motto lautete: ‹*Das muß kesseln, was ich am Komponieren 'raushaue!*› – hat aus dieser ganzen germanischen Schwermut, die ohnehin wenig dazu dienlich ist, eine allgemeine Gemütsaufhellung zu bewirken, noch viel grauenhaftere Weltuntergänge gemacht, nämlich für kernig teutonisch rumpelnde Orchester, möglichst in Kampfbrigadestärke angetreten.

    Diese Art von vorsätzlicher akustischer Körperverletzung – wenn die nicht nur bedeutungs-, sondern auch sonst ziemlich schweren Walküren reiten, daß im Parkett die Kukident-Gebisse rattern – wird von manchen fälschlicherweise als ein symphonischer Orgasmus alldeutschen Kulturschaffens angesehen.

Und dann erst Held S., wenn er sein Schwert Baldur v. Schirach schmiedet, da bleibt kein deutsches Auge ausgedörrt!
Im Hintergrund tummelt sich prustend und schnaubend der stark verkühlte Drache namens Pfaffenmeyr, im Parkett seufzt tief ein Hausdrachen nach dem anderen.

    Interessant ist diese verwürgte Held S./König Gunther/Finsterling Hagen et al.-Verwechslungs-Vergewaltigungs-Rache-Orgie äußerstenfalls in Hinblick auf die sonderbare Art und Weise, in der die ultima Thulerin Brustschilde in das am ‹Rheinischen Hof›, empfohlen vom NSKK, mehr oder weniger akzeptierte Brauchtum eingeführt wird.

Brustschilde, das ruppige Monsterweib, das sich bevorzugt in arktischen Breiten im Packeis aufhielt und reihenweise wehrlose Polarbären zur Strecke brachte, immer wenn es sie packte, dieses läufige Verlangen nach der lüsterner Gewalttätigkeit eines bärenstarken Bärenmännchens, auf den sie sich mit dem wilden Brunftschrei eines King Kong stürzte, sich ungeduldig den Walroßschurz von den Lenden reißend und ihn mit ihrer unbändigen Lust bis auf den letzten Tropfen aussaugte, ihn solange brutal vergewaltigte, bis er schließlich bewußtlos im Eise zu liegen kam, ein weißer Schatten seiner selbst, kaum den noch werfen könnend vor Entkräftung und Verwirrung[3].

---

[3] Daher stammt übrigens die uralte, relativ einfach zusammenzureimende Eisbären-Weisheit: ‹*Lieber auf der Scholle dürsten, als mit dieser Alten bürsten.*›

Herr König Gunther will auch gern mal ein Eisbär sein, aber Brustschilde möchte nicht mit ihm spielen; weder mit ihm noch mit sonstwem, sie macht lieber Stabhochsprung über dumpf blubbernde Geysire und schmeißt unmotiviert Felsbrocken in die öde Gegend, in der sie, ein rechter Wildfang, ein freies Leben führte, bis die Nibelungen mit der M.S. Wormatia längsseits anlegten und festmachten und der vernebelte Held S. die stolze Frau des Nordens hinterhältig aufs Steißbein legte, was Gunther bei der Siegerehrung für sich beanspruchte.

> In Worms angekommen, tauschte Held S. dann das Nebel- gegen ein anderes Horn, legte Brustschilde, den widerborstigen Rauhbauz, erneut aufs Kreuz – was Gunther gern selbst gemacht hätte, was aber aus Unvereinbarkeitsgründen nicht so richtig zum Klappen kam – und sondierte wie befohlen und mit dem unübertrefflichen Zartgefühl eines nukleargetriebenen Eisbrechers Brustschildes Gletscherspalte.
> Wir wollen doch nicht hoffen, daß diese *gang banging*-Variante einer ‹house warming party› nach Art des Hauses Nibelung Schule macht!

König Gutter seine Mutter, ergo die Altkönigin Ute, die Gute – die einerseits vorzüglich Burgundersoße kochen konnte, andererseits in ihren jungen Jahren eine durchaus beachtenswürdige Burgundische Pforte ihr eigen genannt hatte, für die sich aber später, als ihre Verkehrswege verbreitert worden waren[1], keiner mehr so recht zu begeistern schien und die immer seltener frequentiert wurde, übrigens ein typisches Beispiel einer früh verfehlten Verkehrszonen-Nutzungsplanung – war auf alle Fälle ob des überaus befremdlichen Benehmens der beiden rheinischen Herren ziemlich sprachlos.

> > Und Held S.s Frau Kriemhild erstmal, die regte sich vielleicht künstlich auf! Sie schien aufgrund kleinbürgerlich engstirniger Erwägungen ganz grundsätzlich nicht damit einverstanden zu sein, daß ihr Alter mit Brustschilde rumgemacht und sein Horn ausgerechnet bei dem Trampeltier aus dem Norden abgestoßen hatte; ob dies nun uneingeschränkt selbstlos für den König und Groß-

---

[1] Frau Ute, die Pute, war stolze Trägerin des linksrheinischen Mutterkreuzes in Messing.

deutschlands Ruhm geschehen war oder eventuell doch auf Held S.s glazial-gynäkologischem Forscherdrang beruhte, war ihr, auf gut deutsch gesagt: *scheißegal*.

Kriemhilde fand Brustschilde, die Hanteln stemmende Freistilringerin, sowieso genetisch und gesellschaftlich hundertprozentig danebengelungen; Originalton: «*Die hat wohl mit 'm Mond gerungen, die breitärschige Seekuh, die!*» – dies eine Evaluation ihrer Rivalin, die einer Prinzessin nur bedingt angemessen erscheint, dafür aber doch erfreulich aussagefähig daherkommt!

Einschub
Strikt unter uns Frauen gesagt: Ladies, die body building betreiben, sind auch mir, der ich ein Ästhet bin, ein Grausen; irgendwann sehen die in/unter/auf Kraftmaschinen gestählten Damen dann aus wie diese in Folien verschweißten, generös hormonangereicherten Masthähnchen im Tiefkühlregal, und ihre Bizeps sind nach vorn gerutscht und haben Knöpfchen bekommen!
Ende des Einschubs

Dann war da noch dieser eigenbrötlerische Tronje aus Hagen/Westfalen. Er saß meistens irgendwo übelgelaunt in der Gegend herum, kriegte die Zähne nicht auseinander, außer er aß mißmutig Mettwurst- und Mainzer-Käse-Brote, trank Met und sann.
Monatelang hielt es das durch.
Nur gelegentlich hörte man von ihm ein leises: «*Ist das wieder diese ungültige Zervelatwurst aus dem Konsum? Dieses Sonderangebot?*»

Sein germanisch tiefsinnender Gesichtsausdruck hielt alle anderen zuverlässig davon ab, ihn zu fragen, ob er sich denn auch so richtig schön amüsiere bei den alten BurgunderInnen.
Dergleichen Bemerkungen an den muffigen Tranig v. Hagen zu richten hätte durchaus in die Schneidezähne des Vorlauten gehen können!

Eines Tages klauten die Nibelungen – namentlich wären hier zu nennen: Gerenot, Giselher, Rümolt, der Standortpfarrer Sigurd Schneckenschröder und Volker von Alzheim –, als sie eine ausgelassene Spritztour mit einigen superscharfen Burgmiezen in ihrem KdF-Kübelwagen machten, den der grausam abgefüllte Schneckenschröder, ihr auf Bewährung angestellter geistlicher Beistand[1], nach einer eskalierten Weinprobe aufmerksamerweise vollkübelte..., *kurz und gut,* die Wormser Rasselbande entnahm ohne jegliche Form von Bezahlung einer Tankstelle drei Stangen Zigaretten, zwei Flaschen Sechsämtertropfen sowie den neuesten Shell-Atlas und entdeckte darin voller Begeisterung, daß es auf der anderen Seite des Schicksalsstromes, anscheinend im Lodenwald, eine Nibelungenstraße gab, von der noch nie zuvor Kunde an ihre Ohren gedrungen war.

Im eilends einberufenen Thron-Rat herrschte zunächst Thron-Ratlosigkeit, bis nach längerer Zeit einer gellend schrie: «*Nibelungen? Das sân doch mir??!!*»
Die Herren waren erleichtert ob dieses Geistesblitzes, stimmten summend ihre Hofhymne an: «*Unsere Fahne wehet uns voran*», ließen ihre ausdauerndsten Turnierhühner satteln, schulterten stillvergnügt ihre feldgrauen Reichswehr-Felleisen, das Kochgeschirr, ihre Gasmasken, etwas Knäckebrot, ihre zerlegbaren Feldeßbestecke 08/15, reichlich Eierhandgranaten – ‹*Friedlich, wenn in Grase liegt, scheißlich, wenn an Fresse fliegt*› – und radelten gemeinsam davon.

Drei Tage und zwölf Nächte suchte die burgundische Panzerknacker AG einen passenden Ort, um Held S. mal unwiderruflich:
«*eins zu geben auf die Bonje*»,
wie hatte gesprochen der Herr von Tronje.
Dann fielen die ersten der burgundischen Reithühner röchelnd vor Heimweh sang- und klanglos in sich zusammen, und die Zeit schien reif, ein germanistisches Armageddon abzuziehen.

---

[1] Dechant Schnakenburger war der einzige der Nibelungen, dem es gelang, eine hinlänglich ansprechende Karriere aufs Tapet zu legen. Nachdem seine ausgeprägt gewöhnungsbedürftigen pädophilen Vorlieben bei Hofe nicht mehr auf die wünschenswerte Gegenliebe gestoßen waren, wurde er in das pädagogische Strafbataillon 999 versetzt. Die einzige Konzession, die man ihm machte, bestand darin, daß er seinen neunjährigen Lieblingsministranten und dessen Ehefrau Klo-Thilde mitnehmen durfte. Der erzieherische Bereich bot Cheeseburger dann ein seinen Neigungen sehr schön entsprechendes Betätigungsfeld.

Es kam inmitten von verängstigten, erfolglos um Hilfe rufenden Rehen und Hirschen – leichtgläubige Tiere allesamt, die ohne das rudimentärste Wissen um die Existenz der gerade eröffneten Kampfzone leichtfüßig und -fertig in dieselbe galoppiert gekommen waren – zur gewaltigen Entscheidungsschlacht, zum Völkerringen, in welchem in erster Linie der Stabsgefreite Held S., Trägers des Stählernen Kreuzes 3. Klasse, den süßsauren Heldentod für Führer, Volk und Vaterland sterben durfte.

Und das durch schnöden Verrat, denn Mettwurst-Tronje war hinterbracht worden, daß Held S. eine ganz besondere Stelle an seinem Körper hätte.
Brustschilde, die wie berichtet mit Held S.s allgemeinen und besonderen Körperteilen und -stellen schon vorher Bekanntschaft gemacht hatte, war allerdings wider alles Erwarten des geschockten Publikums, das vom Sperrsitz aus den germanischen Held S. so abgrundtief bewundert hatte, *nicht* die Verräterin.
Sondern Kriemhild, die ein Parteiabzeichen auf Held S.s Wildbratenrock genäht hatte, damit – aber das hatte sie noch nicht gewußt während ihrer Handarbeitsstunde – Tronjehagen dem Helden S. ganz gepflegt eins überbraten könnte: *Kimme, Korn, RAN!*

> Held S.s Ex-Frau, erst Kriemhild, danach Kriemwitwe und am Ende als Kreisch-Hilde hadernd Hinterbliebene des allerwertesten Verblichenen, die nicht vergessen wollte, geschweige denn konnte, daß vieles höchstwahrscheinlich hätte vermieden werden können – *im günstigsten aller Fälle ja sogar das ganze Stück als solches, das wäre zu schön, um wahr zu sein!!* – mit ein wenig Einfühlungsvermögen, Rücksichtnahme, Toleranz, Großherzigkeit, Entgegenkommen, Verzeihen, Verständnis, Einfühlungsvermögen, Rücksichtnahme, Toleranz, Großherzigkeit, Entgegenkommen, Verzeihen, Verständnis etc., Kreisch-Hilde ließ sich von wilden, in ihrem Lebensstil stark retardierten Kerlen in eine mongolische Jurte zerren, aß unheimlich viel Joghurt, beruhigte sich aber nicht wirklich, sondern schmiedete schwarze Gedanken in ihrer kaum die Pubertät überragenden Brust:
> heiratete diesen dämlichen Etzel,
> und es kam zum finalen Geschnetzel!

Der Nibelungen ENDE war damit glücklich gekommen!
Und ab ging's nach Walhalla!

*

«Sie sind in der Tat ein Glückskind, liebe Leserin!»
In Bayreuth dauert das unendlich viel länger, ist wesentlich teurer als dieses ausgezeichnete Buch, das Sie gerade verschlingen, und die einzig wirklich instruktive Szene in dem ganzen Burgunderquark wird auch nie so richtig gezeigt! Sie wissen schon, welche ich meine...
Dafür bollert Ihnen zu Hause nachts in der Koje noch der Kürbis von dem Klamauk, den die Bayerische Schmetterband unter der Tyrannei von Reichskapellmeister der Ersatzreserve III, Barnabas v. Basedow – Motto: ‹Das muß kesseln, was ich am Dirigieren 'raushaue!› – fabriziert hat.

*

«Was will uns dieses kuriose Bänkellied mitteilen? – Hat es für uns, die moderne, aufgeklärte Frau, noch eine Message in petto?»
Viel. Ja. Sehr viel. Jawoll, gnä' Frau!!! – um Ihre beiden Fragen in der richtigen Reihenfolge zu beantworten. Selbst wenn Sie jetzt denken, das beträfe bestenfalls die Bajuwarische Staatsratsregierung, die ständig in Bayreuth wahnfriedlich tagt, aber doch nicht Sie, eine aufgeklärte Frau!
Oder wenn Sie flehentlich vorbringen: *«Ute heiße ich nicht, Kriemhild heißt sowieso keine mehr, und Brustschilde soll sich doch beim Olympischen Festkomitee als Hammerwerferin oder Schwergewichtsboxerin melden.»*

«Grundfalsch. So leicht kommen Sie mir nicht davon.»
Wenn Sie sich zum Deutschtum bekennen, und das haben Sie schon irreversibel und standesamtsnotorisch mit Ihrer Geburt getan, dann müssen Sie gefälligst auch akzeptieren, daß Sie *item* die dem Deutschtum innewohnende Disposition zu schaurig falscher PartnerInnenwahl in sich tragen: siehe – ach du liebe Not – der Nibelungen Geschichte.
Oder vergleiche die früheren, ausnahmslos in Seelenschmerz, Wehgeschrei und massivsten gegenseitigen Schuldzuweisungen kulminierenden Koalitionsheimsuchungen, welche die SPD mit der immer mal wieder unberechenbar andersgläubigen F.D.P. durchzustehen hatte.

Die einzig wahre Männerfreundschaft, welche für die Ewigkeit in holzhaltiges deutsches Papier gegossen wurde, ist die von Old Shatterhand und Young Winnetou.
Ihre phantastisch multisexuelle Fortsetzung fand sie in der sagenumwobenen Blutzeugenschaft zwischen Karl Maybach, dem Entdecker der Explosionsmotor-Kraftdroschke, Eva Braun, die sich durchweg trocken rasierte – sie sah dementsprechend aus –, und Adolf ‹Schicklgruber›, der einen ruinös niederösterreichischen Sprung in der Schüssel hatte, was nicht nur der Deutsche Michel, sondern die ganze Welt in seinen psychotisch rapide fortschreitenden Jahren ausbaden durfte.
Kongenial verfilmt wurde dieser infernalische Triangel in ‹Die drei von der Tankstelle›, diesem Klassiker der von ARAL verdeckt gesponserten ‹Serie schwarz›, in der Heinz Rühmann so täuschend echt einem mephistophelisch luftdruckprüfenden Gustav Gründgens nachstellt[1].

Die zuvörderst extrem innige Verbindung zwischen Romeo und Julia war zwingend italienisch aufgrund des einzig passenden Balkons, den sie im norditalienischen[2] Verona und sonst nirgends fanden – in Deutschland wurden Altane, Veranden und ähnlich ausufernde Lustbereiche in den Außenbezirken von Mannschaftsunterkünften der Neuen Heimat erst 324 Jahre später baupolizeilich salonfähig, im Zuge der sechsten, alles überrollenden Einwanderungswelle venezianischer Gondoliere in die Hamburger Speicherstadt, wo sie den hanseatischen Jollen- und Barkassenführern die Arbeitsplätze entwanden.
Insofern können unsere beiden Turteltäubchen Alfa und Romeo nicht in die deutsche Wertung aufgenommen werden, außerdem

---

[1] Ein späterer Versuch der UEFA, wenigstens *einen* vernünftigen Film hinzukriegen – geplant war, mit Nils Holgersson, Emily Brontë und Egon Biendarra in den Hauptrollen ‹Nordlichter in meinem Kühlschrank› zu drehen – scheiterte kläglich daran, daß urplötzlich sowohl Herr Biendarra als auch die ihm voreilig anvertraute Hauptkasse unauffindbar waren. Daß Frau Brontë eigens für die Dreharbeiten hätte exhumiert werden wüssen, sah man unter den damals gegebenen Umständen noch als das geringere Übel an.

[2] Ein *süd*italienisches Verona gibt es, am Rande bemerkt, nicht, um mal mit einem weitverbreiteten Urteil abzuräumen. Die Alpen allerdings schon, nur heißen sie weiter unten dann nicht mehr ‹Die Hohe Tatra›, sondern: ‹Der Golf von Genua›. Auffällig ist hier zusätzlich, daß mit dieser topographischen Metamorphose ein verblüffender Wechsel des grammatischen Geschlechts unumgänglich wurde, um die Fortpflanzungsfähigkeit sicherzustellen!

hatte Julia zwar eine neckische kleine Balustrade und einen Superhintern – nach diesen plumpen Sexsymbolen war Romeo ganz verrückt –, dennoch aber war Julia kein Mann, sehr im Gegenteil, und schmerzvoll zerbrach diese so schön begonnene Romanze an unüberbrückbaren ornithologischen Meinungsverschiedenheiten, obwohl beide ursprünglich ein glühendes Interesse an Vögeln in sämtlichen Variationen gezeigt hatten, das sie ausschließlich gemeinsam befriedigt hatten, *und zwar nicht zu knapp, was das betrifft!!*

Auch die anfangs zu größten Hoffnungen Anlaß gebende Liaison zwischen Peek & Cloppenburg auf der umsatzgewaltigen Frankfurter Zeil überstand noch nicht einmal die erste, eher läppische Nachkriegs-Konjunkturflaute.

Etwas anders lagen die Dinge im Norden bei den elbischen Pfeffersäcken Blohm & Voss: Was erst verdächtig nach einer reinrassigen Liebeshochzeit gerochen hatte, kulminierte in einer Werftenkrise, die sich wusch!

Nur noch Schwimmdock Nr. 4, das gegenüber den Landungsbrücken, tief im Herzen von St. Pauli, waidwund und unaussprechlich gelangweilt vor sich hin dümpelt, zeugt von der einstigen Leidenschaft dieser nordischen Troika.

Der Vorrat an Gemeinsamkeiten dieser sauberen Herren hat offensichtlich nicht über das herzlose Abzocken der einfältigen Kundschaft hinausgereicht – wahrlich keine Basis für eine eheähnlich auskömmliche Gemeinschaft!

*

«Jetzt vergeht uns bereits das Lachen, wie?!»
Und gleich fangen wir wieder das Flennen an, wenn Sie an Ihre eigenen Beziehungskisten denken, *was denn?* Ich meine damit nicht ihre Backfisch-Geschmacksverirrungen in bezug auf Lex Barker oder Pierre Brice, die Sie als BRAVO-Starschnitte mit Tesafilm an die Wand Ihres Jungmädchenzimmers geklebt haben, sondern Ihre jetzigen Verhältnisse; z.B. mit demjenigen, dessen Tischwäsche und Bettkasten Sie insofern teilen, als Sie das alles immer waschen, bügeln und auch sonst in Ordnung halten dürfen. Ich will nicht jetzt schon zu tief in Sie dringen, solange Ihr

Mann nebenan am Computer sitzt und das mitkriegen könnte[1], schließlich bin ich ein Gentleman[2], der tagelang bedrohlich schweigen kann, *ohne* Sie bis jetzt genossen zu haben!

Ich glaube, wir legen jetzt definitiv mit Ihrer Weiterentwicklung los, sonst werden wir in vier Jahren nicht fertig:
Lesen Sie sich alles, was jetzt auf Sie einstürzen wird, sehr aufmerksam durch. Dann rufen Sie, falls Sie berufstätig sind, Ihren Chef an, und teilen Sie ihm ultimativ mit, daß Sie wegen:
1. Sinnkrise: ‹*Wer ist dieser ungekämmte, alkoholisierte Schnarchhahn im formlosen Trainingsanzug, der jeden Abend um halb neun vor meinem Fernseher einpennt?*›
2. Unerwarteter Schwangerschaft: ‹*Das kann nur durch Windbestäubung passiert sein!*›
3. Midlife crisis: ‹*Alles vergebens, ohne Bedeutung – ich? Ob es die Cellulitis ist, die mich so unattraktiv macht?*›
4. Standortneubestimmung: ‹*Ist hier jemand?*›
5. Endzeitanalyse: ‹*Von wannen gekommen? Auf dem Weg in die Nacht? Was wird bleiben hernach?*›

und ähnlicher Belanglosigkeiten vierzehn Tage zu Hause bleiben werden. Das gibt Ihnen knapp Zeit, die unten an- bzw. umgerissenen Bewertungseinheiten in ihrer inhaltsschweren Totalität zu erfassen.

Wenn Sie weder werktätig noch (schein)schwanger sind *(ganz sicher...??)*, fordern Sie Ihren Ehegatten unmißverständlich auf, sich während der nächsten zwei Wochen besser nicht in Ihren vier Wänden blicken zu lassen, es sei denn, er legte gesteigerten Wert darauf, das teuerste Porzellan Ihrer (noch) gemeinsam nervenaufreibend betriebenen Zugewinngemeinschaft an den Kopf geschmissen zu bekommen.
Soll er doch im Büro bei seiner tollen Sekretärin bleiben, die hat ohnehin im Winter mehr Holz vor der Hütte und im Sommer mehr

---

[1] Will der Typ sich nicht endlich mal Zigaretten vom Bahnhof holen?
[2] Wenn es Ihnen spürbare Erleichterung verschafft, dürfen Sie mich ab sofort ‹Commander Bond› nennen – ohne daß dies nun gleich ein Kaperbrief für Sie sein soll!

in der Bluse als Sie[1], hübschere Beine und mehr Verständnis für ihn hat sie sowieso, wie er Ihnen immer sagt, wenn Sie sich mal wieder weigern, den Garten umzugraben/seine Goldfische zu wienern/das Dach neu zu decken/seinen Wagen zu lackieren/seine Schuhe zu besohlen/ihn morgens zu rasieren und ihm die Zähne zu putzen.

Und nun: ‹Glück ab!› für die beschwerliche Reise in die klaffenden Fahrschächte, Sohlen, Flöze und Richtstollen Ihrer so geheimnisumwittert versprengten Psyche – minenhaft wirken Sie auf mich, wenn ich Ihnen tief in diese cashewfarbenen Abgründe Ihrer asiatisch verführerischen Augenseen mandele – bzw. orakelhaften Mandelaugen sehe!

Dies sagt Ihnen Ihr psychoanalytischer Schießsteiger, der Ihnen frohen Mutes ein bergmännisches: «*Das Ort ist geladen!*» zuruft!

(nach Diktat verreist)

*

«*Es wird ernst, Freundchen!*»

1. Das Leben eines jeden Menschen zerfällt in zwei wichtige Phasen: die Geburt und den Tod. Die Zeit dazwischen bezeichnen wir als ‹Zeit des Zweifelns›. Sie verläuft individuell unterschiedlich schlimm, und feste Regeln lassen sich dafür nicht aufstellen.
2. Wenn Sie Ihre Eindrücke, die Sie bei Ihrer kürzlich mehr oder weniger befriedigend erfolgten letzten Jungfernfahrt gewinnen konnten, in einem Wort mit nicht mehr als drei Buchstaben zusammenfassen sollten, wem würden Sie diese Buchstaben anvertrauen? Sie können sie auch bei Ihrem Notar unter dem Codewort ‹*So, das hätten wir jetzt irreversibel hinter uns gebracht, wurde ja auch langsam höchste Zeit!*› hinterlegen.

---

[1] Die Wuchtbrumme müßten Sie mal in diesem knallengen, hautfarbenen Baywatch-Outfit sehen: *Aber hallo!! – Da pfeifen die Komantschen!!*

3. Wenn Sie immer noch Jungfrau sind, was haben Sie zu Ihrer Entschuldigung vorzubringen? Für Sie ist nur der letzte Satz der folgenden Frage 4 re-lev@nt.
4. Haben Sie bei Ihren multiplen Seitensprüngen der letzten Tage jedesmal gedacht: ‹*Warum habe ich, verdammt noch mal, nicht schon viel früher damit angefangen? Mein Alter kann mir doch mal in die Schuhe blasen!*› Das wäre ein hoffnungsvolles Zeichen. Blättern Sie jetzt zurück zu meiner e-mail@dres.se.
5. Haben Sie öfter das Gefühl, Ihr Deo ließe Sie schmählich im Stich?
6. Was als ‹Nibelungentreue› bei Wilhelm II. hoch im Kurs stand, wird heute von den Fans der deutschen Fußballnationalmannschaft fortgeführt. Wie beurteilen Sie diese Aussage? Was will uns dieses Diktum *eigentlich* sagen?
7. Wenn nicht Held S. widerstrebend die Schreckschraube Brustschilde entmannt hätte, wer sonst hätte sich opfern sollen? *Also ich ganz sicher nicht,* da brauchen Sie mich überhaupt nicht so anzustarren! Ich bin für so 'n Schweinkram perfekt unbrauchbar.
8. Wie oft pro Woche passiert es Ihnen, daß Sie in fremden Betten neben unrasierten Männern aufwachen, die Ihnen niemand vorgestellt hat?
9. Wie kommen Sie doch noch zu dem Ozelot, den Sie sich schon so lange wünschen, Ihr knickeriger Alter Ihnen aber seit Jahr und Tag nicht kaufen will (‹*aber 'n dicken BMW fahren...*›)? Wenden Sie sich vertrauensvoll an einen männlichen Ozelot. Der weiß, wie das geht; aber laßt euch dabei nicht von Frau Ozelot schnappen, das gäbe unter Garantie reichlich Zoff!
10. Machen Sie sich jetzt bitte frei – *ganz frei,* zum Henker, das kann doch nicht so furchtbar schwer sein! Legen Sie sich in die leere Badewanne, entspannen Sie sich ganz tief. Versuchen Sie, sich an Ihre Kindheit zu erinnern, während ich eiskaltes Wasser einlaufen lasse. Spüren Sie diese angenehme Kühle, die Ihren gänsehäutigen Körper sanft umschmeichelt? Was haben Sie damals am liebsten gemacht:
    – Mit Ihrem Vater zusammen Briefmarkensammlungen angeschaut?
    – Heimlich die gepolsterten BHs Ihrer großen Schwester ausprobiert?
    – Ihrer Mutter nach dem Leben getrachtet?
    – Ihrer Lieblingspuppe mit Rasierklingen den Bauch aufgeschlitzt?
    – Mit Ihrem Bruder auf dem Fußballplatz gebolzt und hinterher mit den Jungs zusammen geduscht?
    – Weinbergschnecken um die Wette laufen lassen?
    – Katzen Konservenbüchsen an den Schwanz gebunden? Wem noch?

- In der Kirche 1 Mark 10 in den Klingelbeutel gesteckt und 10 Mark 95 rausgenommen?
- Stallhasen zu Hasenmädchen in den Käfig gesetzt?
- Memory gespielt?
- Kirchenlieder auswendig gelernt?

11. Was fehlte Kriemhild, was Brustschilde bis zum Abwinken hatte – obwohl sich Erstgenannte seit frühester Jugend ausschließlich von Brusttee und Vicks VapoRub in beachtlichen Mengen ernährt hatte?
12. Waren Sie das, der ich am letzten Donnerstag zu Fuß auf dem See Genezareth zufällig begegnet bin, unmittelbar bevor *Sie* auf Tauchstation gingen?
13. Was konnte Lebemann Held S., was Malocher Gunther auch gern gemacht hätte? *Bravo, stimmt* – Held S. bretterte in seiner roten Chevrolet Corvette zum Windsurfen an den Baggersee, und König G. durfte jeden Tag mit seiner altersschwachen NSU Quickly auf Zeche zur Spätschicht juckeln.
14. Beneiden Sie häufiger Ihren Mann, weil er so glücklich verheiratet ist?
15. Ein Test auf Ihr unerschütterliches Selbstbewußtsein wird sicher nicht schaden. Lesen Sie in der Straßenbahn während des Berufsverkehrs den folgenden Text laut und gut verständlich *(nicht so nuscheln!)* dem zahlreich erschienenen Publikum vor: ‹*Das ist bei mir immer so ein endloses Theater, bis ich zu einem Orgasmus komme. Könnte mir jemand der hier Anwesenden vielleicht behilflich sein, dies zu verbessern?*› Ach was? Sie benutzen ab morgen sowieso lieber Ihr Auto, um damit zur Justizvollzugsanstalt zu fahren und dort pflichteifrig Ihrer nervenzermürbenden Tätigkeit als Sträflingsaufseherin nachzugehen? Insofern hätten Sie dummerweise keine Gelegenheit mehr, in der Straßenbahn Lebensberatung zu finden? Ist ja sehr aufschlußreich dieser plötzliche Sinneswandel bei Ihnen, wo Sie die letzten siebzehn Jahre immer mit der Elektrischen in den Frauenknast gefahren sind!
16. Fühlen Sie sich in Gesellschaft ihrer Exzellenz, der 2. Windsor-Elisabeth von England, und der restlichen europäischen Staatsoberhäupter regelmäßig ziemlich unbedeutend? Sie wagen es fast nie in diesen sich höher gestellt habenden Kreisen, die letztlich doch auch nur aus Menschen wie Haut und Knochen zusammengebaut sind, Ihre ehrliche, nicht immer völlig absurde Meinung zu äußern? Eine Meinung, die zweifelsohne, so wie ich Ihre Fähigkeiten *(welche waren das noch mal schnell?)* einschätze, beachtlich in Richtung allgemeiner Erheiterung beitragen könnte?
17. Seit wann hören Sie diese nächtlich einschmeichelnden Stimmen, die Ihnen doppelzüngig nahezulegen versuchen, daß Sie die einzig wahre Mutter Jesu Christi seien? Wenn überhaupt eines von all den blöden Weibern auserkoren sei, oh du Gebenedeite im Strahlenkranz, Zierde des Vaterlands!

Hoppla – excusez, ich glaube, ich habe Sie soeben mit der Frau Johanna Vombogen aus Alt-Orléans verwechselt, der ich diese Mitteilung machen sollte, wie mir ‹die da oben› aufgetragen haben.
Ist ja gut, ist ja gut – Sie machen wohl nie was falsch, wie, meine Gnädigste?!
Immer große Klappe, was?
Eine von euch beiden Hübschen muß jedenfalls Frankreich retten, und zwar ein bißchen subito, wenn ich bitten darf!

*

«Sieh' mir mal in die Augen, Kleines!»
Das war nun vielleicht doch ein wenig leichtfertig von Ihnen, Sweetheart, mir die Frage 10 so offen und ehrlich zu beantworten, die hat's nämlich in sich. Jetzt besitze ich das wunderschönste Persönlichkeitsprofil, das man sich von Ihnen nur wünschen kann.

Da haben wir auf einen Schlag ziemlich schlechte Karten, Verheerteste! Ich lese ab sofort in Ihnen wie in einem offenen Grabstein – ‹Oh wie gut, daß niemand weiß, daß ich Rumpelstielzchen heiß'!›

Zur Auswertung unseres Tests der letzten Wahrheiten:
Wenn Sie vorgeben, daß Ihnen die Briefmarkensammlung Ihres Herrn Vaters wichtiger war, als Karnickeln beim Reproduktionsdienst zuzusehen, dann kann ich mich doch eines leicht sardonischen Kicherns nicht ganz entblöden.
Und wenn Sie dann weiter falsche Tatsachen vorreflektieren, indem Sie angekreuzt haben, Sie würden lieber Kirchenlieder auswendig lernen als mit Jungs zu duschen und sich gegenseitig ordentlich einzuseifen, dann zeigt mir das zweifelsfrei, daß Ihr latenter Penisneid noch durchaus entwicklungsfähig ist und zu seiner vollen Größe gebracht werden muß.
Damit Ihnen im Leben das Aufregendste nicht mehr entgeht.
Da müssen wir jetzt gemeinsam ran, da hilft alles nix[1]!

*

---

[1] Sollten Sie allerdings lesbische Vorlieben Ihr eigen nennen, sie hegen und pflegen, was ich am Testergebnis mit Leichtigkeit ablesen könnte, kann *ich* Ihnen nicht mehr weiterhelfen. *Asta la vista – Baby!*

«Halb zog er sie, halb sank sie hin...»
Werfen Sie augenblicklich Ihr Feigenblatt in den Kompost, ich weiß sowieso, was da drunter ist, die Stunde der Wahrheit naht mit großen Schritten in genau derselben Art, wie Hektor, Gott hab' ihn selig, dem trojanischen Pferd die Buletten gab!
Holen Sie sich geschwind ein Tütchen Salzmandeln, machen Sie sich schnell *jetzt noch* ein Kilo Popcorn in der Mikrowelle – nachher würde die Ballerei eher stören, fraglos mich, Ihnen scheint ja sowieso alles egal zu sein! – ein Fläschchen Prosecco geköpft, ‹*bitzelbitzelbitzel*›, und schon sieht die Welt doch gleich wesentlich freundlicher aus.
Bevor wir dann wirklich zu ersten praktischen Übungen fortschreiten, die den Schluß unserer Gesamtstudie bilden werden, wollen wir die Wissenschaft zu Worte kommen lassen, denn Ihr lückenloses Psychogramm liegt vor mir.
Bevor ich das mit Ihnen Punkt für Punkt durchspreche, vorerst nur soviel als Prolog:
Oh là là, Paris! Au Champs-Elysées, oh l'amour! Oh merde alors!

Ein flinkes Wort noch zur wissenschaftlichen Fundiertheit der Analyse- und Interpretationstechnik der FREUDschen Verfahrensweisen und den bei Ihnen maximal zu befürchtenden therapeutischen Effekten.
Wenn Sie auf die Fragen spontan mit *«Ja, das trifft auf mich zu»* antworten, dann muß uns das zu denken geben, denn Sie sollten sich immer darüber unschlüssig sein, daß es rein gar nichts Unkompliziertes an Ihnen geben *kann*, was spontane Zustimmungen oder auch Widerreden Ihrerseits *per se* kategorisch ausschließen sollte – oder möchten Sie wirklich für ewig und drei Tage diese unattraktive graue Maus bleiben, der noch nicht einmal der Schutzmann auf seiner Kreuzung furios hinterhertrillert, statt diesen laut durcheinander tutenden Autos und ihren undisziplinierten EinwohnerInnen den Verkehr zu regeln?

> Das können wir beide nicht ernsthaft wollen, dahinter dürfen wir nicht stehen!
> Hadern müssen Sie mit Ihrem verworrenen Leben, zweifeln an Ihren desaströsen Lebensabschnitten – nur das legt Zeugnis ab von einer vielschichtigen Seelenwüste, verstärkt mit den Schluchten des Andromedanebels.

> Schließlich möchten wir doch eine schillernde, verführerische, begehrenswert gespreizte Persönlichkeit aus Ihnen machen, gegen die Cleopatra eine pubertierende Volksschülerin war, die im Profil mehr einem Snowboard als einer Lolita ähnelte – *das ist doch unser Ziel, gnä' Frau, ist es nicht?*

Wenn Sie bei der Beantwortung auch nur einer der Fragen 1 bis 17 gezögert haben, deutet das eindeutig auf *Widerstand* hin; der Nährboden dieses *Widerstands* liegt in Ihrer frühen Kindheit, wie übrigens Ihre gesamte frühkindliche Entwicklung, die entweder vielversprechend, langweilig, dramatisch schlecht oder unbemerkt verlaufen ist.
Womöglich haben Ihre konterrevolutionären Eltern, also präzise marxistisch formuliert: Ihre *erzreaktionären bourgeoisen SozialisationsagentInnen,* damals in der Gründerzeit der Primärgruppe nicht mitbekommen, daß Sie eventuell auch zur Familie gehört haben könnten? Machen Sie sich nichts draus!

> Dann sind Sie doch nicht *unangenehm* in Erscheinung getreten und haben den gemeinsamen abendlichen Fernsehempfang nicht unvertretbar stark gestört, indem Sie, um nur *eine* Möglichkeit an den Hammelbeinen herbeizuziehen, den Kanarienvogel auf der elektrischen Eisenbahn Ihres Bruders, die in Wirklichkeit Ihrem Vater gehörte, hingerichtet haben – was unter entfernten Umständen darauf hindeuten könnte, daß Sie Lokomotivführer hassen und nicht eher ruhen werden, bis alle Vertreter dieser verbrecherischen Berufsgattung vom renommierten Ku-Klux-Klan in Alcatraz abgeknipst worden sind – solange nur Ihr ehrenwerter Herr Vater dabei sein kann!

Sie sind nicht zufällig, oder sogar vorsätzlich, in Ihrer Kindheit von einem Bundesbahnbeamten und/oder einem Kanarienvogel vergewaltigt worden?
In welcher Reihenvogel? Sind Sie in einem Reihenhaus groß geworden?
War denn Ihr Vater ein Lok-Führer? Oder Ihre Mutter ein Lok-Vogel?

Auch scheinen Sie sich, so Sie wirklich als fünftes Rad am Familienwagen mitgeführt wurden – als eine Art dieser unsäglichen Notlaufreifen auf stricknadelbreiten Fahrradfelgen, welche einem die moralisch restlos verkommene Autoindustrie in sündhaft teurer Neuwagen Kofferräume einschmuggelt – also dann hatten Sie mutmaßlich noch nicht einmal die Chance, sich als Nachwuchs-Kostenstelle so richtig zu profilieren und mißliebig zu machen; betriebswirtschaftlich wird ein dergestalt moderates Verhalten im allgemeinen begrüßt, für die Entwicklung eines gesunden Selbstvertrauens ist es das, was für die Amis die Schweinebucht auf Genossen Fidel Castros Kuba war – etwas, *verflucht nochmal*, Unerreichbares!

Egal in welcher Form Ihre Kindheit verlaufen ist, erfreuliche psychoanalytische Horoskope für Ihre weitere Entwicklung sind nicht herstellbar!
Obwohl das auch ein bißchen vom Honorar abhängt, das zu zahlen Sie bereit sind. *Kennen Sie schon unser vorteilhaftes Teilzahlungsmodell? Wir beraten Sie gern.*

Sollte dieser weiter oben erwähnte *Widerstand* spürbar schmerzhaft werden, besonders bei den deliziöseren Fragen, dann können die Gründe darin liegen, daß Sie sexuelle Erlebnisse der ausgefallensten Art verdrängen – *oder massiv vermissen.*
Auch Ihr Wunsch, Ihre Eltern heimlich in deren Schlafzimmer bei Turnübungen zu beobachten, entspricht der normalen Entwicklung Ihres wachsenden Erkenntnisdranges; alle Kinder tun das, es trägt zweifellos positiv zu deren weiterer Karriere in der Nervenheilanstalt bei.
Hier bestehen durchaus günstige Prognosen dafür, daß Sie es irgendwann mal sogar so weit schaffen könnten, aus Ihrer gemütlichen Gummizelle wieder herauszukommen, falls Sie nicht vorher einem gut geplanten und perfekt ins Werk gesetzten Suizid in die Fänge geraten.

Aber so etwas hätten Sie schon ganz allein zu vertreten, dafür werden Sie mich nicht zur Verantwortung ziehen können, das verspreche ich Ihnen!

> Vieles an, in und neben Ihnen sollte uns sehr zu denken geben, eigentlich sieht Ihr ganzes Leben stark zerfranst aus, wie es da so hilflos und wenig aussagekräftig vor mir treibt, mich unleugbar sehr grüblerisch werden läßt.
> Seien Sie generell zurückhaltend mit Ihren Antworten, das meiste von dem, was Sie mir preisgeben, kann gegen Sie verwendet werden. Manches ist sogar komplikationslos, ohne daß ich viel ergänzen müßte, justitiabel, habe ich festgestellt. Das reicht mit Leichtigkeit für drei bis vier Scheidungsprozesse der publikumswirksamen Art, und das Lokalfernsehen leckt sich sowieso die Finger nach solchen *soap operas,* die nur das Vorabendprogramm schreiben kann.

Immer hübsch vorsichtig sein und nicht zu viel geplappert: In der Psychoanalyse bedeutet alles nichts, und nichts kann mehr als alles bedeuten – und Sie bewegen sich auf dünnem Eis!
Träumen Sie besser nicht von weißen Wölfen, die auf Bäumen hocken und Sie mit tückischen Augen anleuchten!
Sollten Sie dennoch davon träumen, ändern Sie lieber die Version, die Sie mir erzählen wollen, machen Sie daraus z.B. die Geschichte von Ihrer kranken Großmutter, der Sie Kuchen bringen wollen, weil Sie vor der Pubertät ein so liebes kleines Mädchen waren und am liebsten rote Pudelmützchen trugen.
Sie laufen durch den dunklen Wald, da kommt der Förster, der ein ganz langes Gewehr hat und Ihnen unbedingt zeigen will, wie er damit schießen kann.
Erst haben Sie ziemlich viel Angst vor dem großen Gewehr, aber zu Ihrem Erstaunen tut es kein bißchen weh, erschossen zu werden, nur zu Anfang etwas, und zum Schluß, wenn der Förster voll abzieht, finden sie es sogar unheimlich geil, weil Ihnen beiden vor Aufregung das Schießpulver so naß geworden ist, und es löst den starken Wunsch in Ihnen aus, ihn möglichst jeden Tag wieder zu treffen und mit ihm immerzu diese prickelnden Zielübungen zu machen.

> Das wäre dann einmal ein unverfängliches Märchen, in das niemand etwas Zweideutiges hineininterpretieren könnte. Selbst *ich* mit meiner unrettbar verkommenen Phantasie müßte mir meinen Kopf ziemlich zerbrechen, um Ihnen da was Sexuelles unterjubeln zu können!

Zurückhaltung ist andererseits geboten, wenn Sie gesegneten Leibes mit Ihrem Vater vor den Traualtar treten wollen, um mit ihm offiziell in den Stand der Ehe zu treten; unsere reaktionäre Gesellschaft ist längst noch nicht so aufgeklärt, Ihnen da die wohlverdienten Blumen zu streuen!

Das Positivste, das Sie erwarten könnten, wäre, daß man in heller Aufregung Grünpflanzen nach Ihnen wirft, an denen unten noch die Töpfe dran sind.

Was meint wohl Ihre Frau Mutter zu diesem Vorhaben? Oder hat sie keine dezidierte Meinung dazu? Vielleicht ist sie ja heilfroh, den Herrn Gemahl Ihnen in die weißen Brautschuhe schieben zu können...

> Wenn Sie mir im Zuge unserer in Bälde stattfindenden *Übertragung* etwas kundzutun haben, wäre ich Ihnen dankbar, wenn dies *nicht* in schriftlicher Form erfolgte. Das hat nämlich schon anläßlich meiner letzten Patientin zu endlosen Debatten mit meiner Frau geführt.
>
> Genauso wollen wir es mit der Bezahlung meiner Ihnen demnächst zahlreich ins Haus schneidenden gesalzenen Rechnungen halten: *immer schlicht um schlicht, Zug für Zug, brutto gleich netto.*
>
> Großherzige Vorauszahlungen sind allzeit erwünscht; gerade hier bei unserer analytischen Behandlung wäre eine übertriebene Sparsamkeit Ihrerseits fehl am Platze und kontraproduktiv, der Befreiung aus Ihrem schauerlichen Seelengefängnis ganz und gar nicht förderlich, dem Ergebnis höchst abträglich.
>
> Wir wissen es ja alle: Bargeld lacht am erfreulichsten in kleinen, etwas abgegriffenen, nicht durchgehend numerierten Noten.

Es können durchaus auch mal nennenswerte Beträge in Schweizer Franken sein, ich bin da sehr flexibler bei der Währungskonvertierung. Seien Sie vor allen Dingen nicht engherzig, denn Geben ist seliger denn Nehmen, und der HERR liebt die, welche reichlich Almosen verteilen, ohne da groß auf ein paar Tausender und den im Grunde für Ihr Seelenheil doch wirklich nicht ausschlaggebenden Kontostand zu achten! Von Pfennigfuchsereien kann ich nur dringend abraten!

Von Goldbarren bitte ich abzusehen, da ist mir kürzlich erst der Boden im Tresorraum rausgefallen.

Diskreditierendes wie Quittungen auszustellen oder uns mit langweiligem Schreibkram zu belasten, was uns wertvolle Zeit für Anamnesen und Irokesen auf der einen Seite sowie Diagnose und Parodontose auf der anderen wegfrißt, diese Unarten wollen wir uns doch bitte nicht angewöhnen! Kein Thema!
Schriftverkehr wird keiner geführt. Das hat nämlich schon anläßlich meiner letzten Patientin zu endlosen Debatten mit diesem Blödmann von der Steuerfahndung geführt.

Zum Erfolg, den Sie in Hinblick auf eine bessere Lebensbewältigung und ein gesteigertes Glücksempfinden zu gewärtigen haben, kann ich Ihnen nur ungelenk in Ihr Poesiealbum kritzeln: ‹*Wollen wir das im Grunde nicht alle, sind wir nicht alle davon abhängig – vom Glücklichsein, vom Angenommen-Werden, von diesem himmlischen Gefühl: Hier bin ich – Mensch, wer kann das sein?*›, nämlich so sehnsuchtsvoll wünschen wir uns dieses Kuschelweich – «*nein, nein, mein Rolli ist nicht neu, meine Frau hat nur eines dieser neuen Feinwaschmittel ausprobiert*» – daß Udo Jürgens und Freddy Quinn seit 85 Jahren unsinnstiftenden Singsangs ihren gemeinsamen Lebensabend damit bestreiten können – und zwar nicht schlecht!
Selbst der ehemalige österreichische Bundespräsident Kirchschläger, der nicht durch kühne Gedankengebäude im Schrein unserer Erinnerungen zurückgeblieben ist, hielt dieses, uns inhärent seiende Glücksstreben für so vordringlich, daß er es sogar einmal ganz kurz in eine seiner zwölfstündigen Neujahrsansprachen aus der Wiener Hofburg arabeskenhaft einflocht.

*

«*Sie sind mir vielleicht ein Abgrundwesen! Es schaudert sicher andere, wenn sie auf Sie herabsehen!*»
Mann, oh Mann, oh Mann! Mein lieber Freund! Ich glaub's ja nicht! Das darf doch wohl nicht wahr sein!
Spielt mir vollauf überzeugend das Unschuldslamm vor, tut so, als könnte sie kein Wässerchen trüben – und dann das...
Unsere Auslosung hat im Einzelnen folgende Hämmer ausgegraben (gehe zurück auf S. 64):

1. Sie wollen sich über die *zweite* Phase noch nicht äußern, da Sie noch nie gestorben seien? Das sagen alle! Zwei Punkte Abzug für diese ausweichende Antwort.
2. Sie hätten sich das ganz anders vorgestellt? Zusätzlich zu den Ungeschicklichkeiten Ihres Partners habe es Sie empfindlich gestört, daß Ihre Mutter ständig den Kopf durch die Tür gesteckt und gerufen habe: «*Paßt bloß auf, paßt bloß auf!*» – was Ihren Mitarbeiter in seiner unerläßlichen Konzentrationsfähigkeit stark beeinträchtigt habe, da er nicht wußte, worauf er denn eigentlich aufpassen sollte? Und auf die moderierenden Kommentare und ungebetenen Ratschläge Ihres kleinen Bruders, der aus dem Nachbarbett mit seiner Taschenlampe immerfort Blinkzeichen zu Ihnen beiden hinüber gegeben habe, hätten Sie auch gut und gerne verzichten können?
3. Aus 4. könnten Sie viel lernen.
4. Ewig werde auch ich nicht auf Ihre E-Mails warten! Null Punkte.
5. Sie müssen es unter Ihre Arme, in Ihre Achselhöhlen applizieren – Gurgeln allein genügt nicht. Sie wissen, wo Sie Achselhöhlen haben? Suchen Sie, es müssen insgesamt zwei Stück sein. Wenn Sie auf vier kommen, haben Sie unwissentlich Ihre Kniekehlen mitgezählt!
6. O.k. – dann spielen Sie halt weiter Mikado in der Premier League, wenn Sie diese proletenhaften Jungmillionäre nicht ausstehen können. Eine gute Antwort: drei Bonuspunkte, vier Tiefkühlschränke und ein Suppenhuhn bekommen Sie dafür FOB nach Hause geliefert.
7. Was meinen Sie damit, wenn Boris das kann: ‹*So einfach geht das: Ich bin drin*›, dann müßte ich das auch schaffen? Wir wollen doch jetzt bitte nicht ungehörig werden, der bemitleidenswerte Mann ist psychisch und finanziell sowieso schon am Ende, und dann noch auf ihm rumzuhacken, finde ich nicht fair! Aber die Sporthilfegelder könnte er trotzdem mal wieder nach Deutschland rüberwachsen lassen, da stimme ich Ihnen ganzen Herzens zu.
8. Vergiß es, Schwester, Höflichkeit ist nicht mehr angesagt. Und ob sich nun jemand bei Ihnen förmlich vorstellt oder nicht, das ist relativ unbedeutend. Auf den Charakter eines Menschen kommt es an. Versuchen Sie direkt nach dem Aufwachen diese unangenehme Situation etwas zu entzerren, indem Sie sich Ihrem Bettgenossen vorstellen. Das könnte sich so anhören: «*Guten Morgen. Mein Name ist Dr. h.c. Mechthild Müller-Schotte, geborene Walburga v. Schulze-Buchterkirchen. Ich komme von Ihrer örtlichen Trabant-Vertretung und wollte Sie fragen, ob Sie Interesse an einem unserer von Grund auf verrotte-*

ten Gebrauchtwagen hätten. *Darf ich Ihnen anhand dieser vierundzwanzig Farbfolien unsere für uns sehr interessanten Leasing-Konditionen erklären? Wenn Sie bitte mal Ihren Stecker rausziehen und woanders reinstecken wollen? Wir könnten dann die Nachttischlampe zwischen uns stellen und die Folien direkt an die Decke werfen.»* Das ist wie gesagt lediglich ein Vorschlag; Ihrer eigenen Kreativität sind da keinerlei Grenzen gesetzt. Seien Sie allerdings vorsichtig mit Ihrem Namen, die oben stehenden sind nur Beispiele, die Sie täglich aktualisieren müssen! Wenn Sie zahlungskräftige Inserenten für das örtliche Fernsprechverzeichnis suchen, geben Sie nicht vor, Autos zu verhökern, und sagen Sie um alles in der Welt nicht: *«Wie sieht das mit Ihrer finanziellen Potenz aus?»* So etwas kann zu gravierenden Dissonanzen in dem von Ihnen gewünschten Lotterbett führen, denn ich könnte mir durchaus vorstellen, daß der eine oder andere Mann über dieses Reizwort so begeistert sein könnte, daß der von Ihnen kurvenreich angepeilte feuchtfröhliche Geschäftsabschluß dann doch nicht mehr zustande käme. Wir Männer sind in einigen Dingen doch in etwa empfindsam! In anderen weniger – aber das haben Sie ja sicher schon selbst herausgefunden.

9. Sie wollen keinen Ärger mit den Tierschutzverbänden riskieren? Hab' schon bessere Ausreden gehört: Feigling! Na gut, dann bekommen Sie eben keinen eigenen Ozelot. Laufen Sie weiter wie eine alle Sinne betörende Trümmerfrau in Ihrem abgewetzten Trachtenjanker rum, aber beklagen Sie sich nicht, daß sich keines von diesen süßen Ozelot-Männchen mit diesen süßen, muskulösen Fellhintern auf der Straße nach Ihnen umdreht: selber schuld, meine Süße.

10. Sie haben nicht zufällig meine PatientInnenkartei gefunden, die ich kürzlich im Krug vergessen habe? Ihr Ergebnis ist nämlich absolut deckungsgleich mit der Veranlagung eines meiner Ex-Patienten, den ich als geheilt entlassen konnte. *Hannibal Lecter* war wohl der Name, glaube ich; *vor* der Therapie war das ein richtiger Psychopath, strikter Vegetarier und ähnliche Flausen im Kopf. Naja, davon ist er glücklich kuriert!

11. Clever girl you are! In fact, Kriemhild did have ridiculously small breasts for a grown-up female, despite all her Vapo rubbing.

Ihre restlichen Antworten schenken wir uns mal ganz weltmännisch, da haben Sie mir nichts Aufregendes mehr mitzuteilen gehabt. Viele Ihrer Repliken schrammen – ich sag's Ihnen jetzt mal

ganz offen und ehrlich, sozusagen frei von der Leber weg, ich
kenne Sie ja mittlerweile recht gut, Sie mich nicht, und da bin ich
froh drum – bei Ihnen manchmal messerscharf am Rande des
guten Geschmacks dahin.
Merken Sie das überhaupt noch, was Sie mir da im Grund' genommen alles aufhalsen?

Zu Ihrer Beruhigung, das finde übrigens nicht nur ich, sondern
auch meine Freunde in meinem Kegelclub ‹Acht ums Vordereck›,
mit denen ich letzten Freitagabend auf der Kegelbahn diejenigen
Ihrer Antworten gründlich ausdiskutiert habe, die ich persönlich
als am schmerzhaftesten empfand und die etwas sehr Wertvolles
tief in meinem Innersten, etwas, das ich unter keinerlei Umständen
preisgeben möchte, verletzt haben. Das hat mir echt wehgetan!
Das mußte ohne viel Brimborium mal raus, hätte mich zu sehr
belastet, wenn ich das so für mich behalten hätte.
Das ging dann ganz schön hoch her bei uns im Vereinslokal, das
kann ich Ihnen sagen, da hätten Sie aber ganz große Kulleraugen
gemacht.
Besonders Ihre Geschichte, wie Sie damals mit den drei Kerlen
gleichzeitig im Fiat 500 – das hat Eindruck gemacht, *mein lieber
Scholli,* einer von uns hat sogar gemeint, Sie hätten da eventuell in
der ganzen Aufregung den Schaltknüppel mit irgendwas verwechselt..., die Tränen sind uns regelrecht runtergeloofen: ‹*mittem
Schaltknüppel verwechselt*›, also nee, das ist doch wohl der Höhepunkt, allein schon, wenn man sich det mal bildhaft vorstellt!

Und dann noch zu sagen, danach hätten Sie ein schlechtes Gewissen gehabt, weil Sie mit ihrem fetten Hintern den Zündschlüssel
abgebrochen haben.
Selten ham' wa im Verein so herzlich gelacht wie letzten Freitag!
Selbstvorwürfe wegen ‹Ihrer Maßlosigkeit›? Da lachen ja die
Hühner – ick könnte Sie stehend freihändig uff jeden Fall fünf
Trullas aufzählen, die juckt det so zwischen de Beene, die würden
sich vor Freude jar nich' mehr einkriegen, wenn die ooch mal so
wat wie Sie damals im Fiat mitmachen dürften.
Ihr wollt doch alle bloß det eene, ihr Weibsbilder, weeß ick doch
noch aus meinem psychoanalytischen Studium und den Doktoranden-Kolloquien!

Die Else, wo unsere Frau Wirtin ist, selbst die hat jemeint, mit dem Schaltknüppel, det wär' wohl doch 'n bißken dick aufgetragen von Sie; und Else hat einiges mitgemacht, det kann ick Sie sajen, damals bei Adolf, als sie noch Pächterin von der Bierschwemme auf dem Fliegerhorst war!

Mit die jungen Kerle von der Wehrmacht, wenn die nach Hause zu ihren Bräuten wollten, aber nicht konnten, weil se sechs Wochen Alarmbereitschaft schieben mußten.

Det Wassa reichte die bis über 'n Stehkragen!

War 'n richtiger Notstand, und det war längst nich' allet, wat denen stand!

Naja, die Else hat sich damals nich' lange jeziert, *zack, zack,* jing det im Hinterzimmer: ‹*der nächste Herr, dieselbe Dame*› – war ja froh, wenn se rejelmäßig wat Warmet in ihren Bauch kriegte; aber nach der sechsten Abtreibung hatte dann ooch de Else de Neese voll.

Beim Führer war det aber jar keene Sache mittem Wechmachen vonne Kinners – war eben ooch nich' alles so schlecht beim Hitler, wie det heute immer hinjestellt wird: «*Na Mädel, Kopp hoch – un' nüscht für unjut, wa[1]?!*

Die passen im BDM schon jut uff dich uff!»

Wundern Sie sich nicht, wenn Sie demnächst mal Anrufe von meinen Kegelbrüdern bekommen, die wollten nämlich unbedingt Ihre Telephonnummer haben!

Konnt' ick ja ooch nich' so sein, sind ja schließlich allet langjährig erprobte Bekannte von mir; gegen die meisten von denen ha' ick sojar schon Beleidigungs- und Rufmordprozesse gewonnen!

Und die Else würde gern mal von Ihnen wissen, ob Sie vielleicht noch Kontakt mit den Herren im Fiat hätten oder allenfalls die Adressen?

Die haben doch inzwischen bestimmt ein größeres Auto, sonst kann sich die Else das rein volumenmäßig aus dem Kopf schlagen, so wie die inzwischen aufgegangen ist – wie 'n Hefekloß.

---

[1] Haut der völlig unvorbereiteten Patientin mit seiner dichtbehaarten, warzenbedeckten Pranke so wuchtig ins Kreuz, daß die Probandin aufjaulend von der Chaise kippt...

Darf ich Ihnen einen gutgemeinten freundschaftlichen Rat geben? Als echter Kumpel, auf den Sie sich verlassen können, nicht als Ihr Therapeut, der sein Geld[1] mühselig damit zusammensuchen muß, sich ständig diese üblen Sauereien in der Praxis anhören zu müssen?

Schämen muß man sich regelrecht für diese Patienten-Leute, und die erzählen einem das so, ohne rot zu werden.

Naja, man muß sich als akademisch ausgebildeter Analytiker und verantwortungsbewußter Mediziner eben eins immer vor Augen halten: ‹*Bekloppte sind det, plemplem und ballaballa sind die!*›

Das sind die differenzierten Grundüberlegungen, die schon ganz zu Beginn der Therapie großzügig Berücksichtigung finden müssen, um den Gesamterfolg nicht zu kompromittieren.

Ein wenig Selbstschutz ist auch dabei, sonst kriegste 'ne Klatsche, und irgendwann haste dann selbst 'n Schlag seitwärts – so sieht det nämlich mal aus, da gibt det jar keen Vatun!

Ich hänge diese sehr persönlichen Dinge, die mir unter dem Siegel der Verschwiegenheit während unserer Sitzungen mitgeteilt werden, grundsätzlich nicht an die große Glocke, aber trotzdem, ich muß mir manchmal Gemeinheiten sagen lassen, da kreist einem das Käppi und die Tapete schlägt Wellen[2]!

Diskutieren Sie doch bitte zukünftig solche vertraulichen Sachverhalte, die nun wirklich nicht in die Öffentlichkeit getragen werden sollten, mit Ihrer Visagistin, die hört den ganzen Tag nichts anderes als Ferkeleien und ist dadurch abgehärtet und hochgradig belastbar!

Zusammenfassung

Daß Sie, von partnerbegründeten seltenen Ausnahmen abgesehen, lieber GV haben – *rein technisch gesehen könn-*

---

[1] Meine Sekretärin teilt mir gerade mit, da sei noch ein kleiner Betrag bei Ihnen offen. Wenn Sie den in den nächsten Tagen mal in meine Werkstatt reinlangen würden? 5. Stock im 3. Hinterhof rechts, an der Tür steht ‹*,Her mit der Marie' – Waschmaschinen- und Haftprothesenreparaturen, Inkasso-Optimierungen*›. Würde mir aus einer momentanen finanziellen Inkontinenz helfen.

[2] Die ständige Neutapeziererei zahlt mir übrigens kein Aas – das haue ich immer ganz vorne in die Mischkalkulation rein. Hat noch nie einer was von gemerkt.

ten Sie übrigens in Ihrer Variationsbreite noch einiges zulegen, es gäbe da noch viel mehr Möglichkeiten, als Sie sich träumen lassen! – als sich mit Masern, Windpocken und Keuchhusten rumzuschlagen, ist nur für diejenigen unter uns eine Überraschung, die mit der Psychoanalyse vergleichsweise weniger vertraut sind als ich mit meiner profunden Berufserfahrung.

Wissenschaftliches Resümee
Potential is' vorhanden – jar nüscht jejen zu sagen!
Wat Se draus machen? Ihr Ding: *«Bin ick 'n Prophet, wächst mir Seejras aus der Hose?»*

*

Das Ende vom Lied: «Sex bomb! Sex bomb!»
(Tom Jones)
Das hätte ich Ihnen aber ehrlich nicht zugetraut! Wie heißblütig Sie doch sein können: Diese unbezähmbare Wildheit in Ihren Lenden, und wo Sie überall Muskeln haben; *mein Gott* – mir wird jetzt noch schwarz vor Augen, wenn ich dran denke, wie Sie geschrien haben, als Sie das vierte Mal gekommen sind!
Ein richtiges Sexmonster sind Sie – wer hätte das gedacht?
Vergiß bitte nicht, deine Strapse oder besser, was davon noch übriggeblieben ist, aus den Metallfäden in der weißen Steinweg-Drahtkommode von deinem Mann zu fummeln. Ich glaube kaum, daß sich Beethoven-Sonaten so gut anhören, wenn diese roten Spitzen überall um die Schlagbolzen gewickelt bleiben.
Dein werter Herr Gemahl kann da sicher nicht spontan und aus vollem Herzen drüber lachen; besonders viel Humor hat der ja noch nie gehabt, der Komiker!
Deine BH-Cups hängen übrigens da oben auf Eurem Maranellokristall-Kronleuchter, falls du die gerade gesucht haben solltest.
Ob ich Ihren String-Tanga irgendwo gesehen habe?
Moment mal, ich glaube, der schwimmt da drüben zerfetzt im Aquarium. Das Ding hat das etwas überstürzte Ausziehen nicht überstanden – war ja auch mehr ein zwischen deine heißen Schenkel gehauchter Seidenschleier als ein strapazierfähiger Schlüpfer! Hätten Sie übrigens mal einen Zahnstocher da? Dieser durchsichtige Stoff setzt sich aber auch überall dazwischen!

> Die Prophylaktika, die wir vorhin gebraucht haben, die könnten Sie jetzt mal flink einsammeln – die Dinger müssen ja nicht unbedingt in der Garage auf der Mercedes-Motorhaube, im Vorgartenbeet, im Treppenhaus, vor eurer Flurgarderobe, auf und unter dem Eßtisch, in der Badewanne, auf dem Wohnzimmerteppich, im Konzertflügel, auf dem Läufer vor eurem Ehebett, im Gästezimmer auf dem Schreibtisch, auf dem Küchentisch und unter der Dusche liegenbleiben, nicht daß Ihr Alter, der Piesepampel, da noch drauf ausrutscht und der Länge nach hinschlägt – oder was?

Obwohl ich das dem Halbaffen von Herzen gönnen würde, mit seinem Holzkopf auf die Armaturen zu knallen, Spaß muß ja schließlich auch unter der Dusche sein, *gell Schätzchen?!*
Bloß gut, daß ihr im Bad die beiden stabilen Griffe zum Festhalten habt, und Platz ist auch reichlich, da konntest du deine Beine so richtig schön breitmachen, meine kleine Wilde..., wie eine Rakete bist du durchgestartet!
Ein Glück, daß du kurze Fingernägel hast, sonst sähe mein Rücken jetzt aus, als hättest du mich durch den Reißwolf gejagt!

> Ach, und vergessen Sie bitte nicht, den Installateur anzurufen, der muß dann irgendwann mal den Spiegel erneuern, die Konsole wieder anschrauben und die beiden Scheiben in der Duschkabine auswechseln, die zu Bruch gegangen sind, als du wie am Spieß geschrien, gestoßen und um dich getreten hast!

Und der Schreiner soll den Couchtisch wieder zusammenleimen; der hat das nicht lange ausgehalten, als du dich drauf gehockt und wie ein Mustang mit der Hinterhand gebockt hast, als wärst du das erste Mal in Freiheit auf der saftigen Weide.

> Hoffentlich haben das die Nachbarn nicht gehört, als der Klavierdeckel unter uns zusammengekracht ist! Wenn der Schreiner mit dem Tisch fertig ist, soll er gleich noch 'ne halbwegs neue Spanplatte aufs Pianino nageln und mal auf die Schnelle weiß übertünchen; das langt allemal – muß ja nicht unbedingt wie frisch vom Fließband aussehen, die Klimperkiste.

Verstimmt ist das Klavizimbel nach deinen wüsten Eruptionen wahrscheinlich auch, genauso wie dein Angetrauter, wenn der wüßte, was hier alles abgegangen ist in deinem Liebesnest.
Das kann der Tischler auch gleich deichseln, wenn er sowieso schon mal hier ist: die Kabel da in dem Klapperkasten auf Vordermann bringen und mit dem Drehmomentschlüssel anständig festzurren, damit sie das nächste Mal unsere Entspannungsübungen besser überstehen.

> Dein Mann braucht übrigens neue Scheibenwischer, ganz schön verbogen hast du die Dinger, als du dich dran festgehalten hast; da kommt dann auch keine Freude mehr auf, wenn der feine Herr Mercedesfahrer das sieht, bin ich mir absolut sicher!
> Bei der Gelegenheit können die auch gleich die abgeknickte Antenne auswechseln und die Motorhaube ausbeulen, die sieht aus wie 'ne free style-Buckelpiste nach dem 3. Durchgang und acht Stunden Föhn.

*

«Wissen Sie was, Schätzchen?»
Ich bin jetzt doch ein wenig ermüdet von deinen aufsehenerregenden Triebausbrüchen – Sie können mir wirklich glauben, daß mich diese Situation bis zu einem gewissen Grade in Verlegenheit bringt.
Ich leg' ich mich für ein halbes Stündchen aufs Ohr nebenan im Arbeitszimmer auf das Sofa von Ihrem Alten, dem Hahnrei, denk' ich mal.

> Überlegen Sie sich derweil mal leise(!), wie weit Sie inzwischen in Ihrer sexuellen Befreiung, dank meiner kompetenten Beratung, *wirklich* gekommen sind.
> Wenn Ihnen etwas einfällt, was wir beide *noch* für Sie tun könnten, dürfen Sie mich *vorsichtig* wecken.
> Mit einer Tasse frischgebrühten, mikrowabengefilterten röstfrischen Filterkaffees mit dem vollen, unverflogenen Verwöhn-Aroma, das Liebhaber so schätzen – kein Zucker, kein Cyclamat, ein Hauch frische Sahne – und einem Stück Schwarzwälder Kirschtorte.
> *«Und laß dir beim Bäcker nicht schon wieder so ein mickriges, halb vertrocknetes Stück andrehen wie beim letzten Mal, Liebling!!!!»*

Hintergedanken

Wenn Sie zu denjenigen Leserinnen gehören, die aus Prinzip die letzte Seite eines Buches zuerst lesen: Seien Sie mir herzlich willkommen! Ich gratuliere Ihnen aufrichtig dazu, daß Sie dieses Buch gekauft, geliehen (vergessen Sie nicht, es gelegentlich zurückzugeben) oder in einer mit Videokameras augenscheinlich ungenügend überwachten Buchhandlung haben mitgehen heißen.

> Es handelt sich bei diesen Texten um von FBI® und CIA® erbarmungslos bewachte Werke©, deren bedenkenlose Vervielfältigung, auch und besonders in mündlicher Form, mit der Todesstrafe geahndet wird.
> Im Wiederholungsfall dürfen Sie sich auf Einkerkerung in den rustikal eingerichteten Kasematten des Westwalls (engl.: *Siegfried Line*) bis zum Ende Ihrer Tage freuen!

Und jetzt sollten Sie vorn zu lesen anfangen.
Wenn Sie dann Wochen später wieder hier hinten ankommen und immer noch bei Bewußtsein sein sollten, dürfen Sie den nächsten Abschnitt lesen.

> Wenn Sie jedoch zu denjenigen LeserInnen gehören – *hey, Ihr angeblichen Letzte-Seite-Leserinnen: marsch nach vorn an den Buchanfang, habe ich gesagt; ich wiederhole mich ungern!!* – die so lesen, wie es sich gehört, nämlich von A nach Z: Das Buch ist noch nicht zuende, und so leicht kommen Sie mir nicht davon!
> Zunächst beglückwünsche ich Sie zu zwei Ihrer vielen herausragenden Eigenschaften: Sie haben ein vorbildliches Durchhaltevermögen und eine Geduld, von der ich mir sogleich eine Scheibe abschneiden kann: Sie gestatten – haben Sie zufällig ein geschliffenes Tranchierbesteck dabei?

Ich attestiere Ihnen hiermit, daß Sie Folgendes gelernt haben könnten[1], vorausgesetzt, Sie haben sich nicht zwischendurch ständig durch anstößige Männerphantasien ablenken oder anregen lassen:
– Die Liebe ist eine Himmelsmacht, der wir Menschen fassungslos und oft auch bestürzt ausgeliefert sind!

- Besonders bestürzt stehe *ich* diesem Phänomen gegenüber.
- Daß Sie mir nicht helfen würden, alles etwas erträglicher zu machen – das hatte ich von Anfang an befürchtet.
- Jedenfalls wissen jetzt wir beide, was wir aneinander haben könnten, wäre da nicht diese unausstehliche Eifersucht Ihres Göttergatten, dieses Tippelbruders!

 So, das wär's gewesen – Ende der Vorstellung. Ich für meinen Teil muß jetzt wieder weiterziehen, mein grimmig-lustiges Vagantenliedlein von Jane Alexa Coupar mit der Feuerlilie auf den Lippen, hab' noch andere Termine.

Sollten Sie mich wider Erwarten vermissen, versuchen Sie's mal im Männerwohnheim der Heilsarmee hinter dem Hauptbahnhof, da mach' ich in letzter Zeit meistens Platte.

 Glauben Sie bloß kein Wort von dem Hokuspokus, den Ihnen die anderen Männer weismachen wollen: *diese Windhunde, Heiratsschwindler und Mitgiftjäger.*
Glauben Sie statt dessen lieber mir; das ist mir lieber.
Sie werden schon sehen, was Sie davon haben.

Und bleiben Sie das, was Sie schon immer für mich waren: *das einzige Rätsel, das mich mein Leben lang beschäftigen wird!*

---

[1] Ein kalligraphisch vollendet gestaltetes Diplom oder eine schmucklose Teilnahmebestätigung sende ich Ihnen per Nachnahme widerstrebend zu. Um in den Besitz eines dekorativen Diploms zu gelangen, das Sie sich dann in Ihre Speisekammer, die Garage oder in den Gartengeräteverschlag hängen können, müssen Sie aber unter meiner ganz persönlichen Betreuung eine 18stündige gebührenpflichtige Klausur schreiben oder eine honorarbelastete Hausarbeit bei mir einreichen, die Sie spätestens nach drei Jahren korrigiert und mit profunden Anmerkungen versehen per Feldpost zurückerhalten werden. In beiden Fällen reichen Sie bitte Ihre Bewerbung schriftlich ein. Damen bis zu einem Höchstalter von 20 Jahren vergessen bitte nicht, ein aussagefähiges Ganzkörper-Buntphoto in Postergröße beizulegen. Lassen Sie sich am besten auf einer Sonnenbank oder in Ihrer Heimsauna ablichten, *das wirkt immer am natürlichsten!*

Weitere Bücher von Jan Peters:

Tief im Norden –
In der pädagogischen Windstille

R.G. Fischer Frankfurt. 1995.
ISBN 3-89501-130-4

Ein von der gleichnamigen Schule nicht unberührt gebliebener Frankfurter Lehrer gerät 1981 in Deutschlands Norden und erfährt dort nicht nur körperliche Enge, Verfinsterung und Kälte. Die Zeit in jenem Land gerät ihm zum psychischen Abstieg in den Mahlstrom. Um friedfertige Gemüter vorzuwarnen: Tief im Norden erlegt sich keine unangemessene Zurückhaltung auf, wenn es sich mit gehörigem Galgenhumor und Sinn fürs Absurde der detaillierten Beschreibung und Analyse der «liebenswerten» Eigenheiten der Landesbevölkerung annimmt: «Wat mutt, dat mutt!»

Mehr Informationen unter www.amazon.de

Frankfurt –
Vermutungen über eine Zumutung

R.G. Fischer Frankfurt. 1997.
ISBN 3-89501-487-7

Menschen konstituieren sich bekanntlich aus einer speziellen, unentwirrbaren Mischung rationaler und emotionaler Leistungen. Die Art und Weise, in der dieser bebilderte Text über Frankfurt am Main – besser gesagt: des Autors Frankfurt am Main – entstanden und aufgebaut ist, entspricht dem ziemlich genau. Es kommt nicht von ungefähr, daß an den Schlüsselstellen dieses Textes Träume die Verbindung zur Realität durchtrennen. Vielleicht sind sie ja der Zustand, in dem alle unsere Fähigkeiten ihre vollkommenste Synthese erreichen – ohne sich von dem, was wir «Realität» zu nennen gewohnt sind, irritieren zu lassen?

Mehr Informationen unter www.amazon.de

Sebastian – Abenteuerliches aus vergangenen Zeiten

Book on Demand. 2000.
ISBN 3-8311-0871-4

In einer niedersächsischen Kleinstadt mit über tausend Jahren Geschichte wird ein Kind namens Sebastian geboren; kurz nach Ende des 2. Großen Krieges, der die alte Stadt äußerlich verschont hat. Kolossale Helden bestimmen Sebastians Kindheit: Männer, die urgewaltige Verbrennungsmotoren bändigen, blutrünstige Catcher auf Volksfesten, verruchte Bauchtänzerinnen, explodierende Bergwerke und, alles in den Schatten stellend, ein filigranes Mädchen. Das hieß Barbara und schien dem Sebastian von der exotischen Art einer Kolibrifeder. Sebastian – hinter unspektakulären Geschichten schimmert nach und nach eine tiefere Geschichte hindurch: die von den Möglichkeiten des Menschseins.

Mehr Informationen unter www.bod.de oder www.amazon.de